**Frank Giroud**
Scénario

**Jean-Marc Stalner**
Dessin

**Esteban**
Couleurs

# Le Cercle de Minsk

## Tome I :
## *Le maillon perdu*

Albin Michel

*Merci à l'ami Jean-Louis pour nous avoir mis en relation*
*et pour avoir encouragé cette aventure avec un enthousiasme communicatif.*

*Merci également à Rodolphe et à Elisabeth pour leur implication très professionnelle dans ce projet.*
*Merci encore à Piranha Dundee, alias Christian Lax, pour son rôle de déclencheur.*
*Merci enfin à Rosa, Flavia et Idalete pour les traductions en brésilien.*

Les auteurs

## FRANK GIROUD

### Aux Éditions Glénat :

*Le Décalogue*, avec Béhé, De Vita, Charles, TBC, Rocco, Mounier, Gillon, Rollin, Faure, Franz & Révillon (onze tomes)
*Le Légataire*, avec Béhé & Meyer (un tome)
*L'Expert*, avec Brada (trois tomes)
*Louis la Guigne*, avec Dethorey (treize tomes)
*Louis Ferchot*, avec Courtois (huit tomes)
*Mandrill*, avec Baruti (six tomes)
*Madagascar, ma terre oubliée*, avec Vicomte & Le Corre (roman illustré)

### Aux Éditions Dupuis :

(Collection Aire Libre)
*Les Oubliés d'Annam* (édition intégrale) avec Lax
*La Fille aux ibis*, avec Lax
*Azrayen* (édition intégrale), avec Lax

(Collection Empreintes)
*Secrets : l'Echarde*, tome 1, avec Marianne Duvivier
*Secrets : le Serpent sous la Glace*, tomes 1 & 2, avec Jovanovic
*Secrets : L'Ecorché*, tome 1, avec Germaine et Pellejero
*Quintett : Histoire de Dora Mars*, avec Bonin
*Histoire d'Alban Méric*, avec Gillon
*Histoire d'Elias Cohen* avec Cuzor

Conception graphique : Luc Doligez

AUTOROUTE, DRESDE-BERLIN, 28 MAI...

MÊME JOUR, VALLÉE DU RIO MADEIRA. AMAZONIE BRÉSILIENNE.

EHI, VOCÊ! PARE! PARE!!
D'OÙ IL SORT, CELUI-LÀ ?
AUCUNE IDÉE... C'QUI EST SÛR, C'EST QU'IL EST PAS D'ICI.
MMH... KUHN VA PAS AIMER!

IL A PEUT-ÊTRE DES PAPIERS SUR LUI...
TU RÊVES ! POURQUOI PAS UN...
HÉ !?
SURPRISE !
AAAAAAHH !
OW !
LEBEWOHL, IHR BLÖDEN !
ÇA VA ?
QUE CHATO ! ÇA IRA MIEUX QUAND J'AURAI COINCÉ CE FILS DE PUTE !

PORRA ! TROP TARD...
UNE VOADEIRA* ! CE SALOPARD AVAIT TOUT PRÉVU...
* PIROGUE PUISSAMMENT MOTORISÉE
TE FATIGUE PAS... POUR L'AVOIR À CETTE DISTANCE, IL FAUDRAIT AU MOINS UN M16.
PAW !
PAW!
PAW!
PAW!
PAW!
PAW!
DES COUPS DE FEU ?
BAH ! MES GARS ONT DÛ REPÉRER UNE PANTHÈRE, À MOINS QU'ILS N'ESSAIENT D'AMÉLIORER LEUR ORDINAIRE POUR CE SOIR.
QU'EST-CE QUE C'ÉTAIT ?
UN FOUINEUR. IL A RÉUSSI À FILER.
JUMELLES, RÉFLEXES, VOADEIRA... UN PROFESSIONNEL, APPAREMMENT. ÉTRANGER EN TOUT CAS.
ÉTRANGER ?
OUI... ANGLAIS, ALLEMAND... QUELQUE CHOSE COMME ÇA.
VERDAMMT ! EST-CE QUE ?

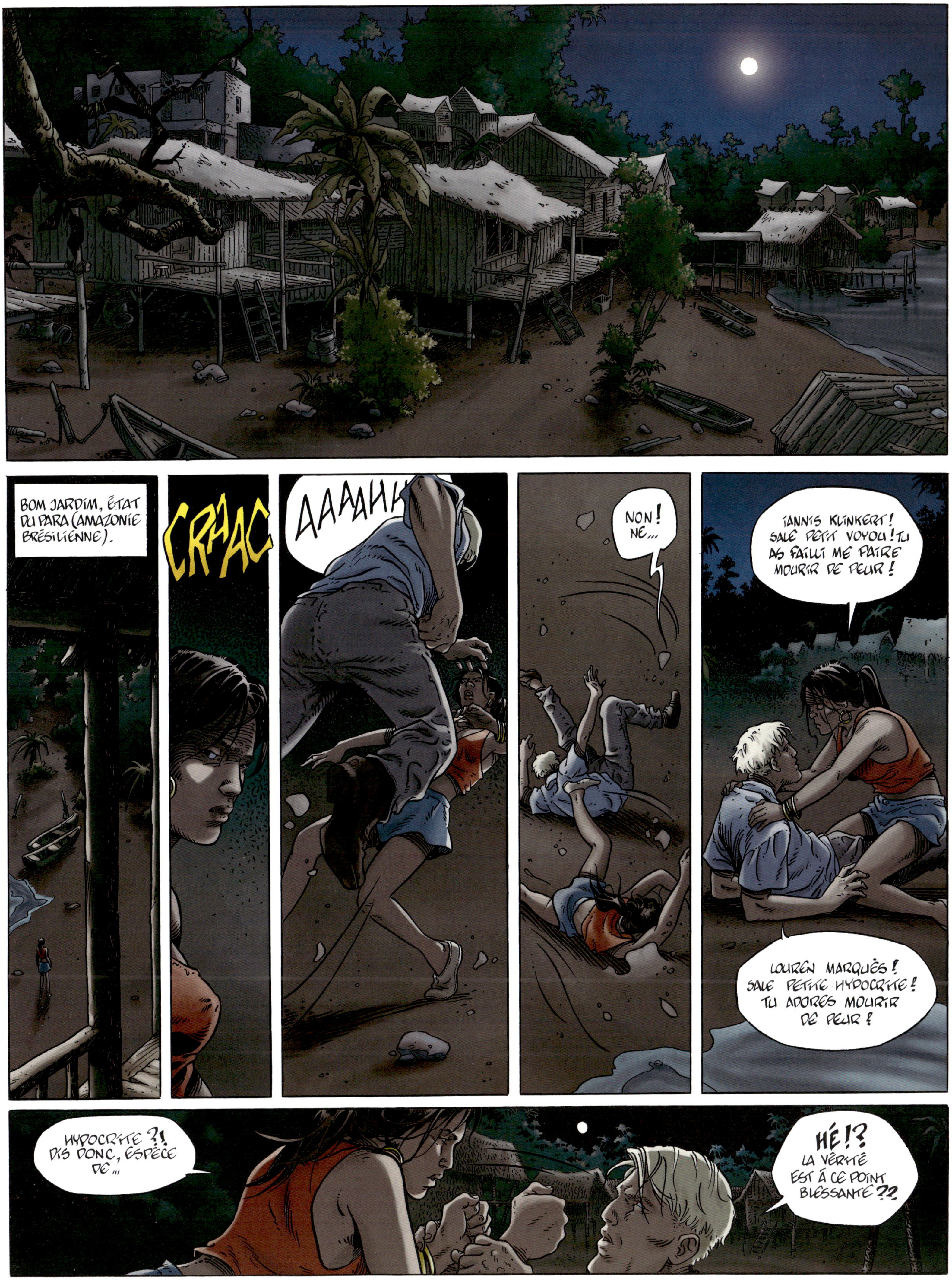
BOM JARDIM, ÉTAT DU PARA (AMAZONIE BRÉSILIENNE).
CRAAC
AAAAHH
NON ! NE...
IANNIS KLINKERT ! SALE PETIT VOYOU ! TU AS FAILLI ME FAIRE MOURIR DE PEUR !
LOUREN MARQUÈS ! SALE PETITE HYPOCRITE ! TU ADORES MOURIR DE PEUR !
HYPOCRITE ?! DIS DONC, ESPÈCE DE...
HÉ !? LA VÉRITÉ EST À CE POINT BLESSANTE ??

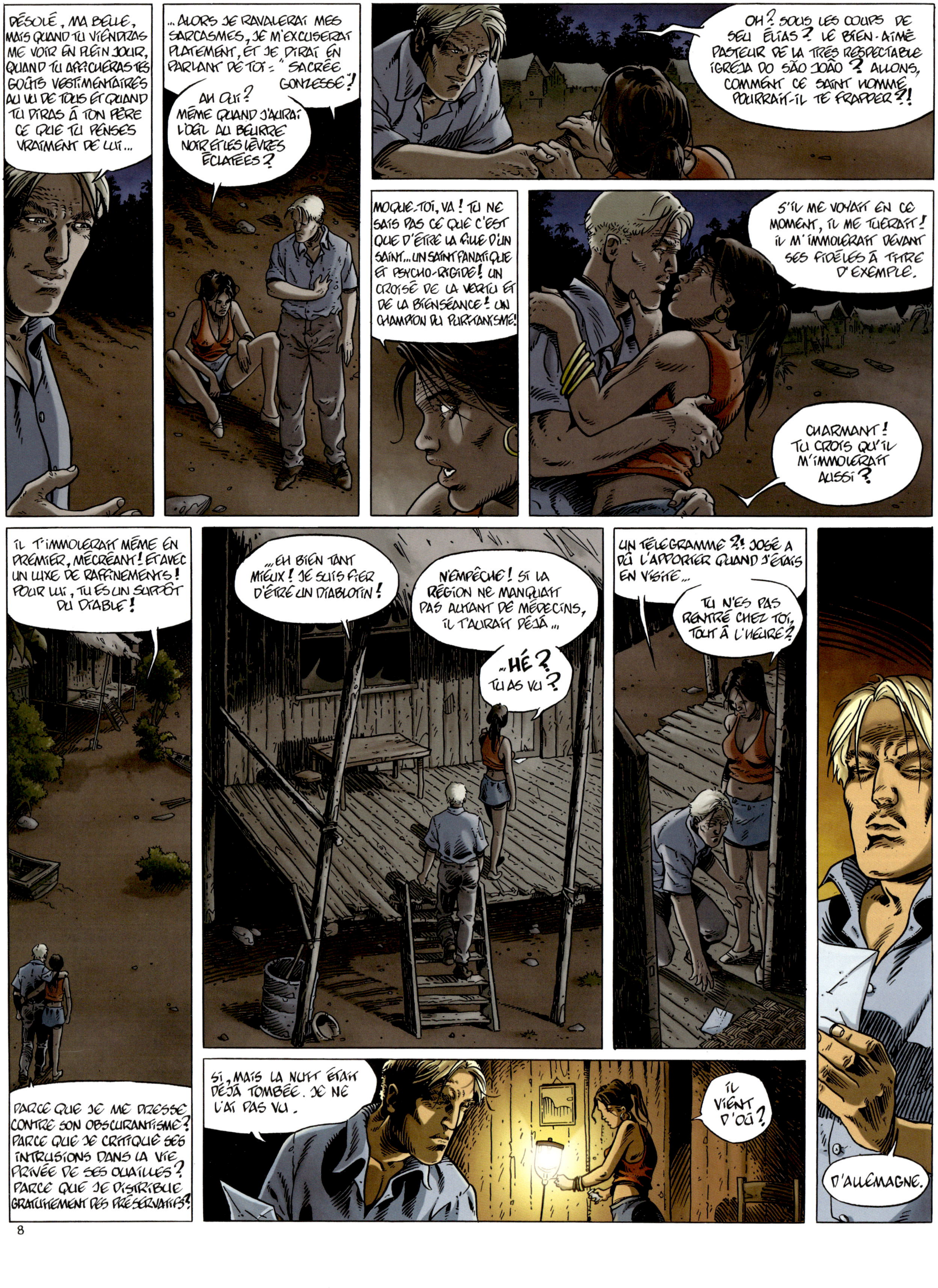
DÉSOLÉ, MA BELLE, MAIS QUAND TU VIENDRAS ME VOIR EN PLEIN JOUR, QUAND TU AFFICHERAS TES GOÛTS VESTIMENTAIRES AU VU DE TOUS ET QUAND TU DIRAS À TON PÈRE CE QUE TU PENSES VRAIMENT DE LUI...
...ALORS JE RAVALERAI MES SARCASMES, JE M'EXCUSERAI PLATEMENT, ET JE DIRAI EN PARLANT DE TOI : "SACRÉE GONZESSE"!
AH OUI? MÊME QUAND J'AURAI L'ŒIL AU BEURRE NOIR ET LES LÈVRES ÉCLATÉES?
OH? SOUS LES COUPS DE SEU ÉLIAS? LE BIEN-AIMÉ PASTEUR DE LA TRÈS RESPECTABLE IGREJA DO SÃO JOÃO? ALLONS, COMMENT CE SAINT HOMME POURRAIT-IL TE FRAPPER?!
MOQUE-TOI, VA! TU NE SAIS PAS CE QUE C'EST QUE D'ÊTRE LA FILLE D'UN SAINT... UN SAINT FANATIQUE ET PSYCHO-RIGIDE! UN CROISÉ DE LA VERTU ET DE LA BIENSÉANCE! UN CHAMPION DU PURITANISME!
S'IL ME VOYAIT EN CE MOMENT, IL ME TUERAIT! IL M'IMMOLERAIT DEVANT SES FIDÈLES À TITRE D'EXEMPLE.
CHARMANT! TU CROIS QU'IL M'IMMOLERAIT AUSSI?
IL T'IMMOLERAIT MÊME EN PREMIER, MÉCRÉANT! ET AVEC UN LUXE DE RAFFINEMENTS! POUR LUI, TU ES UN SUPPÔT DU DIABLE!
PARCE QUE JE ME DRESSE CONTRE SON OBSCURANTISME? PARCE QUE JE CRITIQUE SES INTRUSIONS DANS LA VIE PRIVÉE DE SES OUAILLES? PARCE QUE JE DISTRIBUE GRATUITEMENT DES PRÉSERVATIFS?
...EH BIEN TANT MIEUX! JE SUIS FIER D'ÊTRE UN DIABLOTIN!
N'EMPÊCHE! SI LA RÉGION NE MANQUAIT PAS AUTANT DE MÉDECINS, IL T'AURAIT DÉJÀ...
...HÉ? TU AS VU?
UN TÉLÉGRAMME?! JOSÉ A DÛ L'APPORTER QUAND J'ÉTAIS EN VISITE...
TU N'ES PAS RENTRÉ CHEZ TOI, TOUT À L'HEURE?
SI, MAIS LA NUIT ÉTAIT DÉJÀ TOMBÉE. JE NE L'AI PAS VU.
IL VIENT D'OÙ?
D'ALLEMAGNE.

CIMETIÈRE D'ALFURT (BRANDEBOURG)
CE N'EST PAS POUR EUX QUE TU ES REVENU, N'EST-CE PAS ?
UWE KLINKERT 1938-20
EDITH WALDEN KLINKERT 1941-
POURQUOI ME POSER LA QUESTION ? TU SAIS BIEN QUE NOUS ÉTIONS DEVENUS DES ÉTRANGERS DEPUIS TROP LONGTEMPS.
HEIKE ??
MAIS JE NE POUVAIS PAS TE LAISSER SEULE DANS UN MOMENT PAREIL.
TU M'AS BIEN LAISSÉE PENDANT QUINZE ANS.
PARDON, IANNIS ! PARDON, JE... JE NE VOULAIS PAS TE...

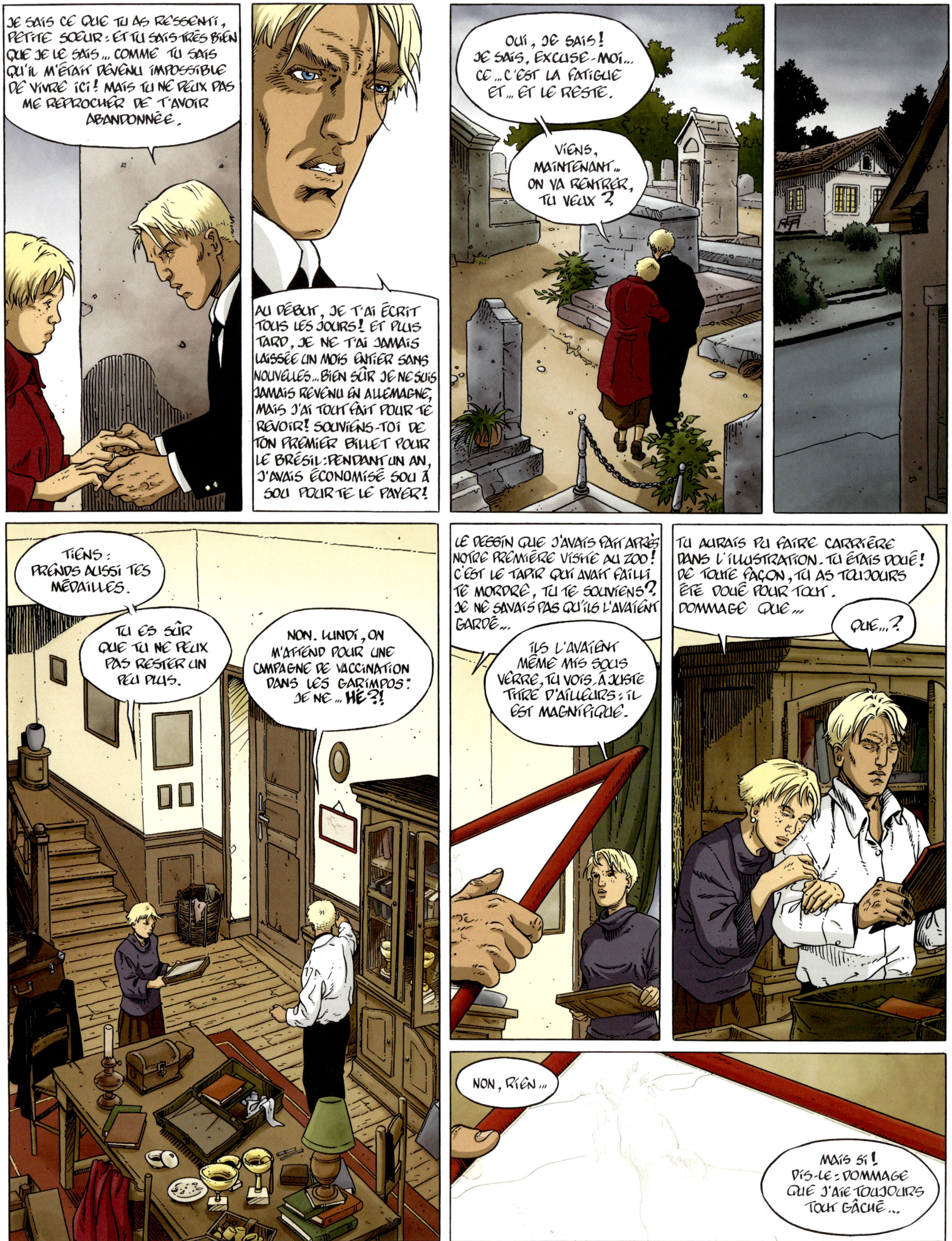


* CAMPS DE CHERCHEURS D'OR EN AMAZONIE.

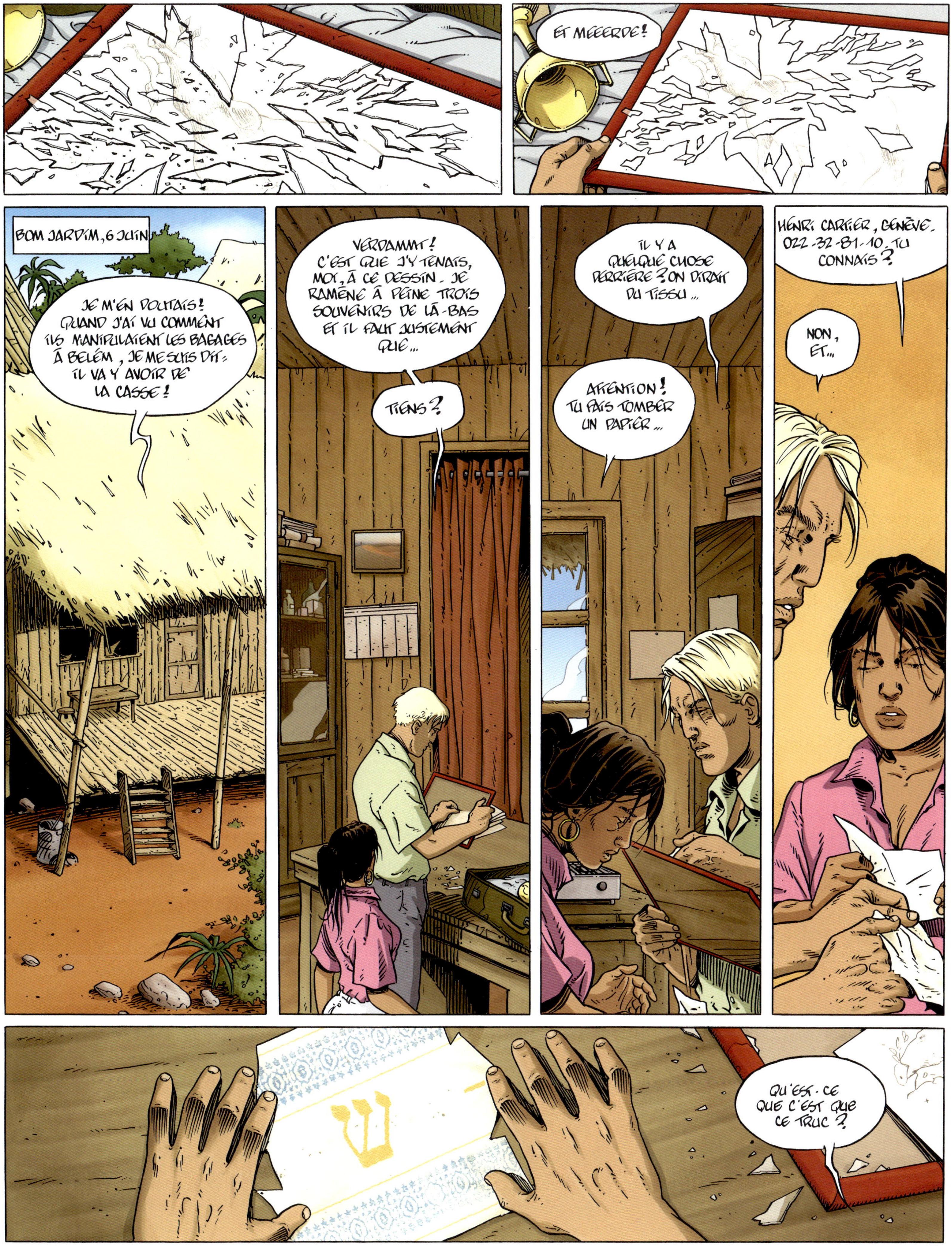
ET MEEERDE!
BOM JARDIM, 6 JUIN
JE M'EN DOUTAIS! QUAND J'AI VU COMMENT ILS MANIPULAIENT LES BAGAGES À BELÉM, JE ME SUIS DIT : IL VA Y AVOIR DE LA CASSE!
VERDAMMT! C'EST QUE J'Y TENAIS, MOI, À CE DESSIN. JE RAMÈNE À PEINE TROIS SOUVENIRS DE LÀ-BAS ET IL FAUT JUSTEMENT QUE...
TIENS?
IL Y A QUELQUE CHOSE DERRIÈRE? ON DIRAIT DU TISSU...
ATTENTION! TU FAIS TOMBER UN PAPIER...
HENRI CARTIER, GENÈVE. 022-32-81-10. TU CONNAIS?
NON, ET...
QU'EST-CE QUE C'EST QUE CE TRUC?

MMH... JOLIE BRODERIE, QUOIQU'UN PEU VIEILLE À MON GOÛT !
"UN PEU" ? TU ES GENTILLE ! ET POURQUOI L'AVOIR CACHÉE LÀ-DERRIÈRE ??
LA RÉPONSE EST PEUT-ÊTRE SIMPLE COMME UN COUP DE FIL À GENÈVE ! SUR CE, MOI J'Y VAIS... AVANT QU'ON ME TROUVE DANS LE COIN.
QUAND TU AURAS EU LE SENHOR CARTIER, TU ME RACONTERAS. BEIJOS, QUERIDO.
ALFURT. MÊME JOUR.
À n'ouvrir qu'après ma mort par Iannis et Heike ENSEMBLE
Uwe Klinkert
OH, ET PUIS ZUT ! QUI SAIT QUAND TU REVIENDRAS ICI, FRÉROT ! ET COMME JE N'IRAI PAS À BOM JARDIM DE SITÔT...

UNIVERSITÉ DE BELÉM, 15 JUIN.
PAS FÂCHÉ DE VOUS VOIR, SENHORA PAZ! C'EST UN VÉRITABLE MARATHON, POUR ARRIVER JUSQU'À VOUS!
À CE POINT? ALORS ASSEYEZ-VOUS ET COMMENCEZ PAR VOUS REMETTRE AVEC UNE BRAHMA BIEN FRAÎCHE. ENSUITE, VOUS ME RACONTEREZ CE QUI VOUS AMÈNE... DOCTEUR KLINKERT.
AH! LAISSEZ TOMBER LES TITRES! APPELEZ-MOI IANNIS!
À CONDITION QUE VOUS M'APPELIEZ ELIETE. SAUDE... IANNIS!
SAUDÉ! ET MERCI. MAIS VOUS SAVEZ, J'EXAGÈRE À PEINE : AVANT DE M'AIGUILLER ICI, ON M'A BALADÉ PARTOUT! DE LA FACULTÉ DE THÉOLOGIE AU DÉPARTEMENT D'HISTOIRE ANTIQUE EN PASSANT PAR LA SECTION ARTS POPULAIRES, ANTHROPOLOGIE ... ET MÊME MUSICOLOGIE!
* SANTÉ (SE PRONONCE "SA-OUDJ")
ENFIN! VOICI L'OBJET QUI M'A TANT FAIT COURIR.
D'OÙ VIENT-IL?
C'EST-CE QUE J'AIMERAIS SAVOIR.
JE VEUX DIRE : OÙ L'AVEZ-VOUS TROUVÉ?
CHEZ MES PARENTS, PRÈS DE BERLIN. ILS VIENNENT DE MOURIR.
OH... DÉSOLÉE.
AVEC CE BOUT DE TISSU, IL Y AVAIT AUSSI UN NOM ET UN NUMÉRO DE TÉLÉPHONE À GENÈVE. MAIS...

... CETTE NUMÉROTATION N'EST PLUS EN SERVICE DEPUIS DES ANNÉES.
J'AI DEMANDÉ À UN COLLÈGUE SUISSE DE FAIRE DES RECHERCHES, CELA DIT JE NE SUIS PAS SÛR QUE LES DEUX OBJETS AIENT UN LIEN !
EN TOUT CAS, CELUI-CI NOUS MÈNE BIEN LOIN DE GENÈVE ! AU PAYS D'ABRAHAM TRÈS EXACTEMENT... DU MOINS SI L'ON S'EN TIENT AU MOTIF PRINCIPAL DE CETTE BRODERIE.
IL S'AGIT EN FAIT D'UN "SCHIN", LA VINGT-ET-UNIÈME LETTRE DE L'ALPHABET HÉBREU. POUR AUTANT...
... RIEN NE PROUVE QU'IL VIENNE DE JÉRUSALEM. CE FRAGMENT D'ÉTOFFE A SANS DOUTE ÉTÉ DÉCOUPÉ DANS UNE PARURE LITURGIQUE TRÈS ANCIENNE, MAIS ELLE PEUT FORT BIEN AVOIR ÉTÉ TISSÉE À PRAGUE, À GRENADE, À CRACOVIE OU...
... DANS N'IMPORTE QUEL GHETTO DE L'EUROPE MÉDIÉVALE...
... VOIRE ANTIQUE. PERSONNELLEMENT, JE NE PEUX GUÈRE VOUS EN DIRE PLUS MAIS... SI VOUS N'ÊTES PAS PRESSÉ, JE VEUX BIEN MONTRER VOTRE RELIQUE À ARLINDA PINHEIRO.
LA MEILLEURE ANTIQUAIRE DE BELÉM, DU MOINS EN CE QUI CONCERNE LES OBJETS SACRÉS. SON ÉRUDITION LAISSE LOIN DERRIÈRE CELLE DE MES PLUS BRILLANTS COLLÈGUES, ET SON EXPÉRIENCE LUI A DÉJÀ VALU D'ÊTRE CONSULTÉE PAR CHRISTIE'S ET SOTHEBY'S.
PAR CONTRE, JE SUIS INCAPABLE DE VOUS DIRE QUAND VOUS POURREZ RÉCUPÉRER VOTRE SCHIN...
AUCUNE IMPORTANCE. JUSQU'À LA SEMAINE DERNIÈRE, J'IGNORAIS SON EXISTENCE ET JE NE M'EN SUIS PAS PLUS MAL PORTÉ ! POUR L'INSTANT, SON PRINCIPAL INTÉRÊT...
... C'EST D'AVOIR PERMIS NOTRE RENCONTRE.
ALORS IL S'AGIT SÛREMENT D'UN OBJET BÉNÉFIQUE.

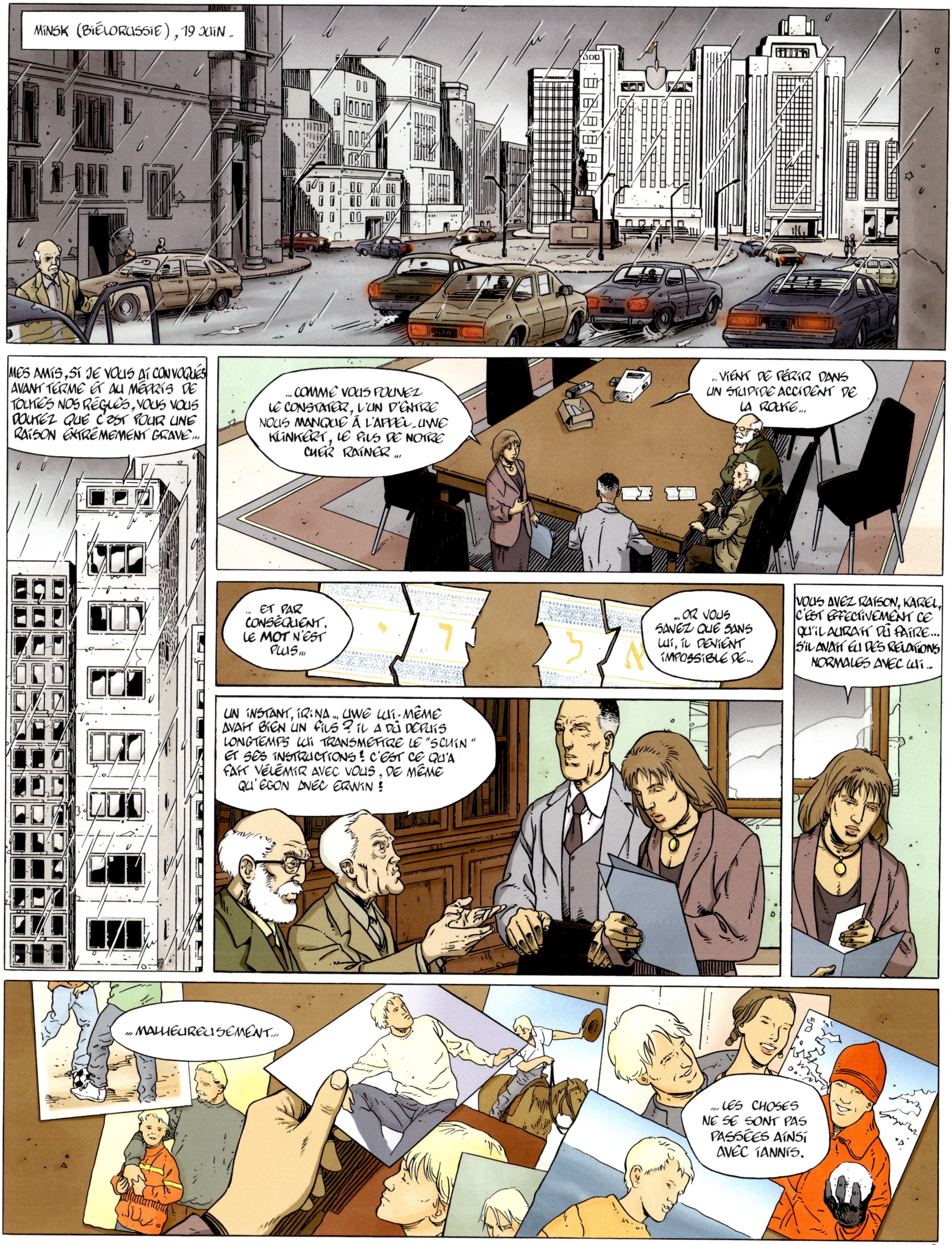
MINSK (BIÉLORUSSIE), 19 JUIN.
MES AMIS, SI JE VOUS AI CONVOQUÉS AVANT TERME ET AU MÉPRIS DE TOUTES NOS RÈGLES, VOUS VOUS DOUTEZ QUE C'EST POUR UNE RAISON EXTRÊMEMENT GRAVE...
...COMME VOUS POUVEZ LE CONSTATER, L'UN D'ENTRE NOUS MANQUE À L'APPEL. UWE KLINKERT, LE FILS DE NOTRE CHER RAINER...
...VIENT DE PÉRIR DANS UN STUPIDE ACCIDENT DE LA ROUTE...
...ET PAR CONSÉQUENT, LE MOT N'EST PLUS...
...OR VOUS SAVEZ QUE SANS LUI, IL DEVIENT IMPOSSIBLE DE...
VOUS AVEZ RAISON, KAREL, C'EST EFFECTIVEMENT CE QU'IL AURAIT DÛ FAIRE... S'IL AVAIT EU DES RELATIONS NORMALES AVEC LUI...
UN INSTANT, IRINA... UWE LUI-MÊME AVAIT BIEN UN FILS? IL A DÛ DEPUIS LONGTEMPS LUI TRANSMETTRE LE "SCHIN" ET SES INSTRUCTIONS! C'EST CE QU'A FAIT VÉLÉMIR AVEC VOUS, DE MÊME QU'ÉGON AVEC ERWIN!
...MALHEUREUSEMENT...
...LES CHOSES NE SE SONT PAS PASSÉES AINSI AVEC IANNIS.

 * HABITANTE DE RIO.

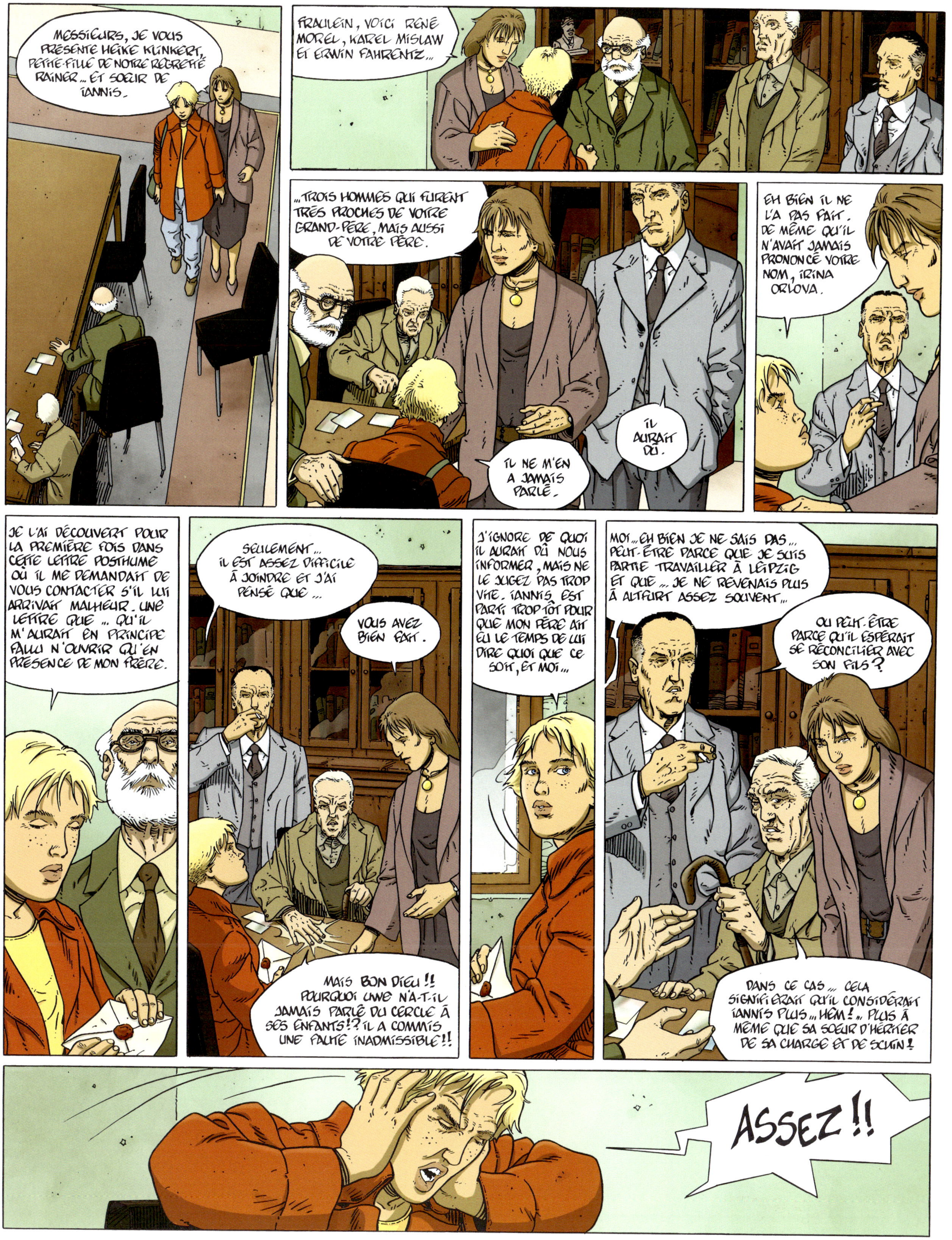
MESSIEURS, JE VOUS PRÉSENTE HEIKE KLINKERT, PETITE-FILLE DE NOTRE REGRETTÉ RAINER... ET SOEUR DE IANNIS.
FRAULEIN, VOICI RENÉ MOREL, KAREL MISLAW ET ERWIN FAHRENTZ...
...TROIS HOMMES QUI FURENT TRÈS PROCHES DE VOTRE GRAND-PÈRE, MAIS AUSSI DE VOTRE PÈRE.
IL NE M'EN A JAMAIS PARLÉ.
IL AURAIT DÛ.
EH BIEN IL NE L'A PAS FAIT. DE MÊME QU'IL N'AVAIT JAMAIS PRONONCÉ VOTRE NOM, IRINA ORLOVA.
JE L'AI DÉCOUVERT POUR LA PREMIÈRE FOIS DANS CETTE LETTRE POSTHUME OÙ IL ME DEMANDAIT DE VOUS CONTACTER S'IL LUI ARRIVAIT MALHEUR. UNE LETTRE QUE... QU'IL M'AURAIT EN PRINCIPE FALLU N'OUVRIR QU'EN PRÉSENCE DE MON FRÈRE.
SEULEMENT... IL EST ASSEZ DIFFICILE À JOINDRE ET J'AI PENSÉ QUE...
VOUS AVEZ BIEN FAIT.
MAIS BON DIEU !! POURQUOI UWE N'A-T-IL JAMAIS PARLÉ DU CERCLE À SES ENFANTS !? IL A COMMIS UNE FAUTE INADMISSIBLE !!
J'IGNORE DE QUOI IL AURAIT DÛ NOUS INFORMER, MAIS NE LE JUGEZ PAS TROP VITE. IANNIS EST PARTI TROP TÔT POUR QUE MON PÈRE AIT EU LE TEMPS DE LUI DIRE QUOI QUE CE SOIT, ET MOI...
MOI... EH BIEN JE NE SAIS PAS... PEUT-ÊTRE PARCE QUE JE SUIS PARTIE TRAVAILLER À LEIPZIG ET QUE... JE NE REVENAIS PLUS À ALTFURT ASSEZ SOUVENT...
OU PEUT-ÊTRE PARCE QU'IL ESPÉRAIT SE RÉCONCILIER AVEC SON FILS ?
DANS CE CAS... CELA SIGNIFIERAIT QU'IL CONSIDÉRAIT IANNIS PLUS... HEM ! ... PLUS À MÊME QUE SA SOEUR D'HÉRITER DE SA CHARGE ET DE SCEAU !
ASSEZ !!

LE "CERCLE" ! LA "CHARGE" ! LE "SCHIN ! ALLEZ-VOUS ME DIRE DE QUOI VOUS PARLEZ, À LA FIN ? ALLEZ-VOUS ME DIRE QUI VOUS ÊTES VRAIMENT !?
CALMEZ-VOUS, HEIKE ! SI JE VOUS AI DEMANDÉ DE VENIR ICI...
...C'EST JUSTEMENT POUR VOUS L'APPRENDRE.
22 JUIN, QUELQUE PART EN EUROPE...
CET ACCIDENT NOUS MET DANS UN JOLI PÉTRIN !!
POURQUOI ? MÊME SI LES KLINKERT ÉTAIENT ENCORE VIVANTS, IRINA ET LES AUTRES AURAIENT FINI PAR RÉUNIR LE CERCLE UN JOUR OU L'AUTRE !
OUI ! DANS UN AN OU DEUX. VOIRE DAVANTAGE ! CELA NOUS DONNAIT TOUT LE TEMPS DE NOUS PRÉPARER. MAINTENANT C'EST IMPOSSIBLE...
À PRÉSENT, IL LEUR FAUT PROCÉDER À LA PASSATION DE POUVOIR ! ALORS DÈS QU'ILS AURONT RÉCUPÉRÉ SCHIN, ILS VONT DÉBARQUER ICI ET DÉCOUVRIR LA VÉRITÉ !
PAS DE PANIQUE ! SCHIN SE TROUVE ENTRE LES MAINS DU FILS KLINKERT, AU FIN FOND DE L'AMAZONIE. CROYEZ-MOI, IRINA ET SES AMIS NE LE TIENNENT PAS ENCORE...
... N'EST-CE PAS, SCHULTZ ?

GARIMPO DO SÃO BENTO
28 JUIN
DOUTOR! DOUTOR!
OI, GAROTO! O QUE É?
TEM UMA SENHORA PARA VOCÊ! UMA ESTRANGEIRA.
ESTRANGEIRA?
?!?

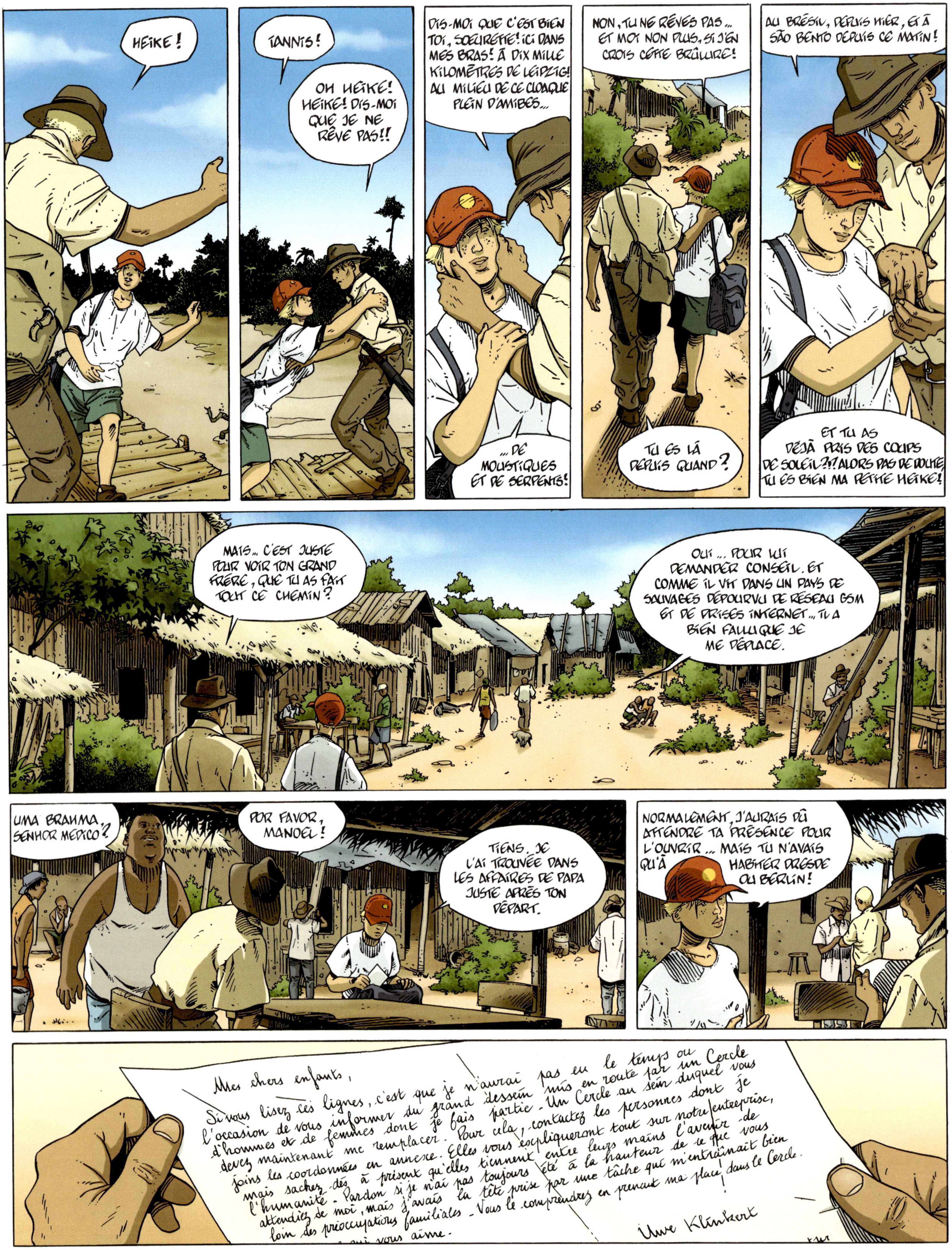
HEIKE !
TANNIS !
OH HEIKE! HEIKE! DIS-MOI QUE JE NE RÊVE PAS!!
DIS-MOI QUE C'EST BIEN TOI, SOEURETTE! ICI DANS MES BRAS! À DIX MILLE KILOMÈTRES DE LEIPZIG! AU MILIEU DE CE CLOAQUE PLEIN D'AMIBES...
... DE MOUSTIQUES ET DE SERPENTS!
NON, TU NE RÊVES PAS... ET MOI NON PLUS, SI J'EN CROIS CETTE BRÛLURE!
TU ES LÀ DEPUIS QUAND ?
AU BRÉSIL, DEPUIS HIER, ET À SÃO BENTO DEPUIS CE MATIN!
ET TU AS DÉJÀ PRIS DES COUPS DE SOLEIL?!? ALORS PAS DE DOUTE, TU ES BIEN MA PETITE HEIKE!
MAIS... C'EST JUSTE POUR VOIR TON GRAND FRÈRE, QUE TU AS FAIT TOUT CE CHEMIN?
OUI... POUR LUI DEMANDER CONSEIL. ET COMME IL VIT DANS UN PAYS DE SAUVAGES DÉPOURVU DE RÉSEAU GSM ET DE PRISES INTERNET... IL A BIEN FALLU QUE JE ME DÉPLACE.
UMA BRAHMA, SENHOR MEDICO?
POR FAVOR, MANOEL!
TIENS. JE L'AI TROUVÉE DANS LES AFFAIRES DE PAPA JUSTE APRÈS TON DÉPART.
NORMALEMENT, J'AURAIS DÛ ATTENDRE TA PRÉSENCE POUR L'OUVRIR... MAIS TU N'AVAIS QU'À HABITER DRESDE OU BERLIN!
Mes chers enfants,
Si vous lisez ces lignes, c'est que je n'aurai pas eu le temps ou
l'occasion de vous informer du grand dessein mis en route par un Cercle
d'hommes et de femmes dont je fais partie. Un Cercle au sein duquel vous
devez maintenant me remplacer. Pour cela, contactez les personnes dont je
joins les coordonnées en annexe. Elles vous expliqueront tout sur notre entreprise,
mais sachez dès à présent qu'elles tiennent entre leurs mains l'avenir de
l'humanité. Pardon si je n'ai pas toujours été à la hauteur de ce que vous
attendiez de moi, mais j'avais la tête prise par une tâche qui m'entraînait bien
loin des préoccupations familiales. Vous le comprendrez en prenant ma place dans le Cercle.
qui vous aime.
Uwe Klinkert

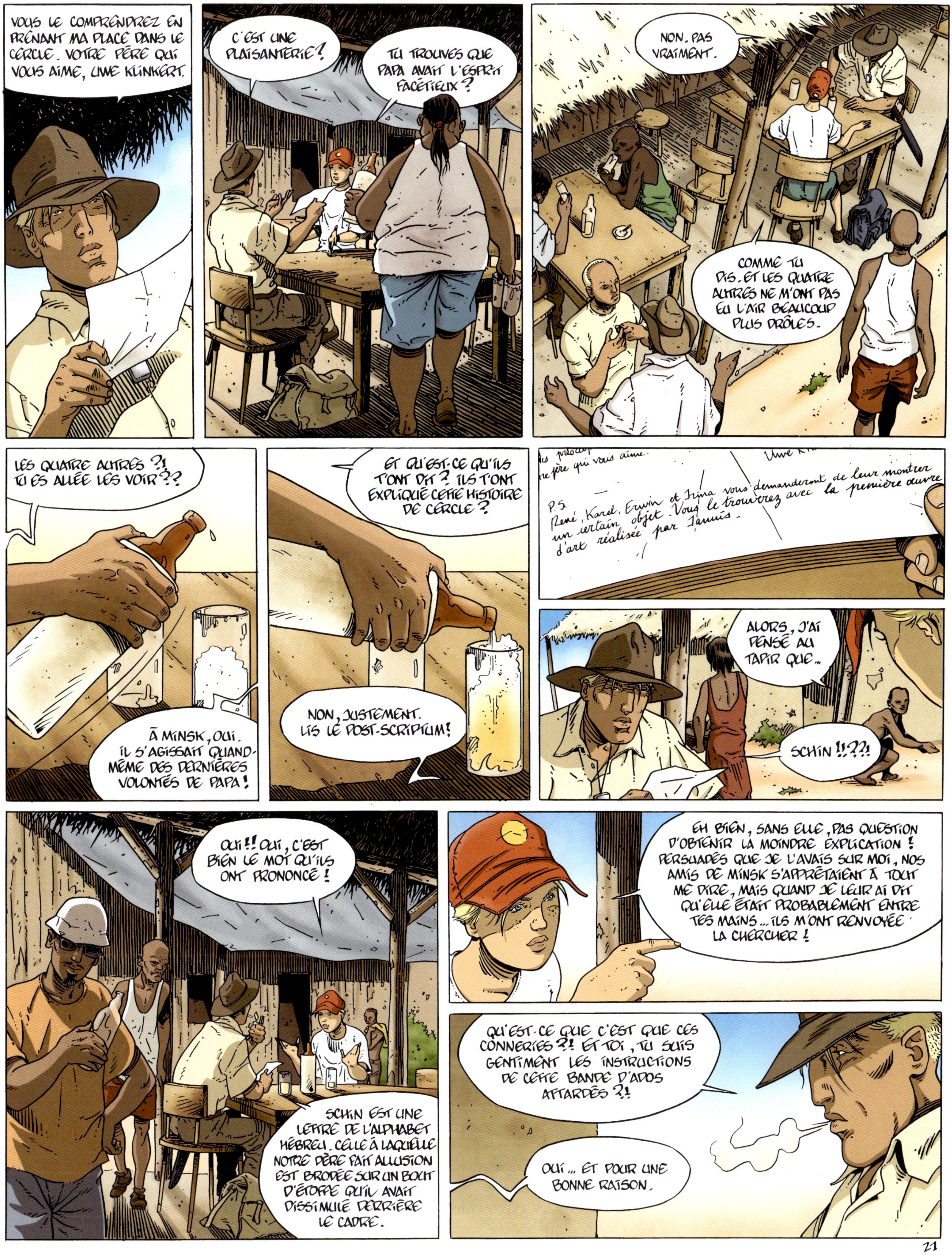

VOUS LE COMPRENDREZ EN PRENANT MA PLACE DANS LE CERCLE. VOTRE PÈRE QUI VOUS AIME, UWE KLINKERT.
C'EST UNE PLAISANTERIE ?
TU TROUVES QUE PAPA AVAIT L'ESPRIT FACÉTIEUX ?
NON. PAS VRAIMENT.
COMME TU DIS. ET LES QUATRE AUTRES NE M'ONT PAS EU L'AIR BEAUCOUP PLUS DRÔLES.
LES QUATRE AUTRES ?! TU ES ALLÉE LES VOIR ?!?
À MINSK, OUI. IL S'AGISSAIT QUAND-MÊME DES DERNIÈRES VOLONTÉS DE PAPA !
ET QU'EST-CE QU'ILS T'ONT DIT ? ILS T'ONT EXPLIQUÉ CETTE HISTOIRE DE CERCLE ?
NON, JUSTEMENT. LIS LE POST-SCRIPTUM !
père qui vous aime.
Uwe K
P.S.
René, Karel, Erwin et Irina vous demanderont de leur montrer un certain objet. Vous le trouverez avec la première œuvre d'art réalisée par Iannis.
ALORS, J'AI PENSÉ AU TAPIR QUE...
SCHIN !!??!
OUI !! OUI, C'EST BIEN LE MOT QU'ILS ONT PRONONCÉ !
SCHIN EST UNE LETTRE DE L'ALPHABET HÉBREU. CELLE À LAQUELLE NOTRE PÈRE FAIT ALLUSION EST BRODÉE SUR UN BOUT D'ÉTOFFE QU'IL AVAIT DISSIMULÉ DERRIÈRE LE CADRE.
EH BIEN, SANS ELLE, PAS QUESTION D'OBTENIR LA MOINDRE EXPLICATION ! PERSUADÉS QUE JE L'AVAIS SUR MOI, NOS AMIS DE MINSK S'APPRÊTAIENT À TOUT ME DIRE, MAIS QUAND JE LEUR AI DIT QU'ELLE ÉTAIT PROBABLEMENT ENTRE TES MAINS... ILS M'ONT RENVOYÉE LA CHERCHER !
QU'EST-CE QUE C'EST QUE CES CONNERIES ?! ET TOI, TU SUIS GENTIMENT LES INSTRUCTIONS DE CETTE BANDE D'ADOS ATTARDÉS ?!
OUI... ET POUR UNE BONNE RAISON.

CE SONT EUX QUI M'ONT PAYÉ LE BILLET ET QUI, SUR UN SIMPLE COUP DE FIL AU VOLKMUSEUM, M'ONT OBTENU UN MOIS DE CONGÉ! EN OUTRE, ILS M'ONT OUVERT UNE LIGNE DE CRÉDIT ILLIMITÉE POUR QUE JE VOUS RAMÈNE À MINSK, SCHIN ET TOI.
AMERICAN EXPRESS
J'IGNORE QUI SONT CES GENS-LÀ, IANNIS, MAIS CE QUI EST SÛR... C'EST QU'ILS SONT EXTRÊMEMENT PUISSANTS ET J'AI VRAIMENT ENVIE DE SAVOIR CE QUE NOTRE PÈRE AVAIT À VOIR AVEC EUX.
TU AS RAISON!
DÈS QUE J'EN AI TERMINÉ ICI, ON FILE À BELÉM!
BELÉM? POURQUOI?
J'Y AI CONFIÉ CE FAMEUX SCHIN À UN EXPERT. ON LE RÉCUPÈRE... ET ON AVISE.
BON. J'AI ENCORE TROIS CONCESSIONS À VISITER. QU'EST-CE QUE TU FAIS?
JE PEUX T'ACCOMPAGNER?
POURQUOI PAS? MES GARIMPEIROS NE VONT PAS EN REVENIR! UN VRAI MÉDECIN ET LA PLUS JOLIE DES INFIRMIÈRES...
...RIEN QUE POUR EUX!

BESTA?!
¡ANNIIIS!!
AAAAAARRHH!!

ATTENTION !!!
AAAAAHHH!
POR AQUI!
O QUÊ A CONTECEU ?!?
JAGUNÇOS !!
O DOUTOR! O DOUTOR! 'TA ASSALDO!
FÉLICITATIONS, MÉLEM! NON SEULEMENT, VOS TUEURS D'OPÉRETTE L'ONT MANQUÉ, MAIS MAINTENANT, LE VOILÀ SUR SES GARDES!
CE... C'EST IMPOSSIBLE!?! CE TYPE EST UN ANCIEN MARINE! OU UN...
JE NE VOUS AI JAMAIS DIT QUE CE SERAIT FACILE! ET AU TARIF OÙ JE VOUS PAYE, VOUS DEVRIEZ ÊTRE CAPABLE DE LIQUIDER JACKIE CHAN ET TERMINATOR RÉUNIS!
D'ACCORD, MAIS... ON NE S'ATTAQUE PAS À UN PRO COMME À UN SIMPLE...
SCHNAUZE! VOS EXCUSES NE M'INTÉRESSENT PAS! DÉBROUILLEZ-VOUS COMME VOUS VOUDREZ, MAIS JE VEUX LA TÊTE DE KLINKERT DANS LES HUIT JOURS ET... ACHTUNG, MÉLEM...
...VOUS N'AUREZ PAS DE TROISIÈME CHANCE!

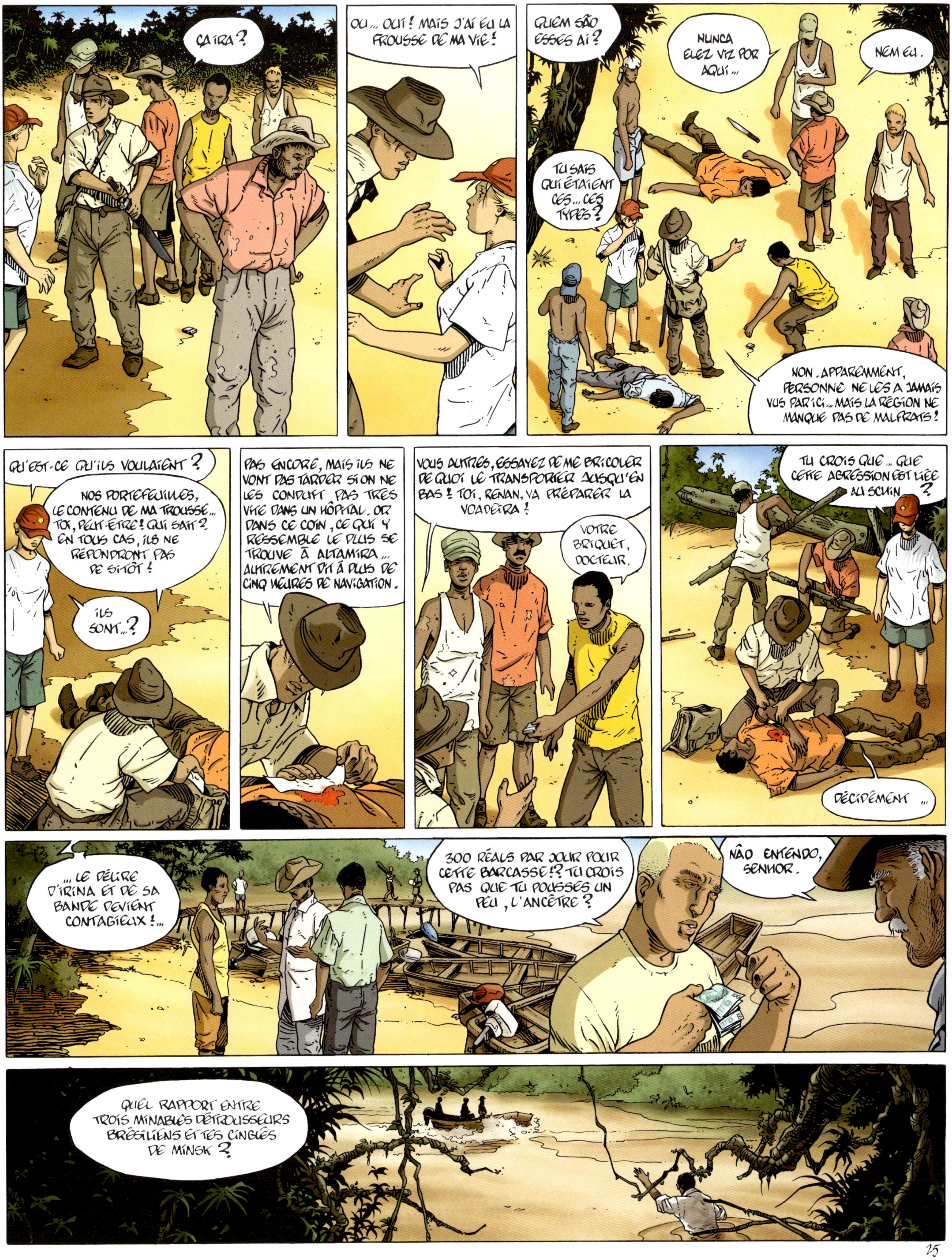
ÇA IRA ?
OUI... OUI ! MAIS J'AI EU LA FROUSSE DE MA VIE !
QUEM SÃO ESSES AÍ ?
NUNCA ELEZ VIZ POR AQUÍ...
NEM EU.
TU SAIS QUI ÉTAIENT CES... CES TYPES ?
NON. APPAREMMENT, PERSONNE NE LES A JAMAIS VUS PAR ICI... MAIS LA RÉGION NE MANQUE PAS DE MALFRATS !
QU'EST-CE QU'ILS VOULAIENT ?
NOS PORTEFEUILLES, LE CONTENU DE MA TROUSSE... TOI, PEUT-ÊTRE ! QUI SAIT ? EN TOUS CAS, ILS NE RÉPONDRONT PAS DE SITÔT !
ILS SONT...?
PAS ENCORE, MAIS ILS NE VONT PAS TARDER SI ON NE LES CONDUIT PAS TRÈS VITE DANS UN HÔPITAL. OR DANS CE COIN, CE QUI Y RESSEMBLE LE PLUS SE TROUVE À ALTAMIRA... AUTREMENT DIT À PLUS DE CINQ HEURES DE NAVIGATION.
VOUS AUTRES, ESSAYEZ DE ME BRICOLER DE QUOI LE TRANSPORTER JUSQU'EN BAS ! TOI, RENAN, VA PRÉPARER LA VOADEIRA !
VOTRE BRIQUET, DOCTEUR.
TU CROIS QUE... QUE CETTE AGRESSION EST LIÉE AU SCUIN ?
DÉCIDÉMENT...
... LE DÉLIRE D'IRINA ET DE SA BANDE DEVIENT CONTAGIEUX !...
300 RÉALS PAR JOUR POUR CETTE BARCASSE !? TU CROIS PAS QUE TU POUSSES UN PEU, L'ANCÊTRE ?
NÃO ENTENDO, SENHOR.
QUEL RAPPORT ENTRE TROIS MINABLES DÉTROUSSEURS BRÉSILIENS ET TES CINGLÉS DE MINSK ?

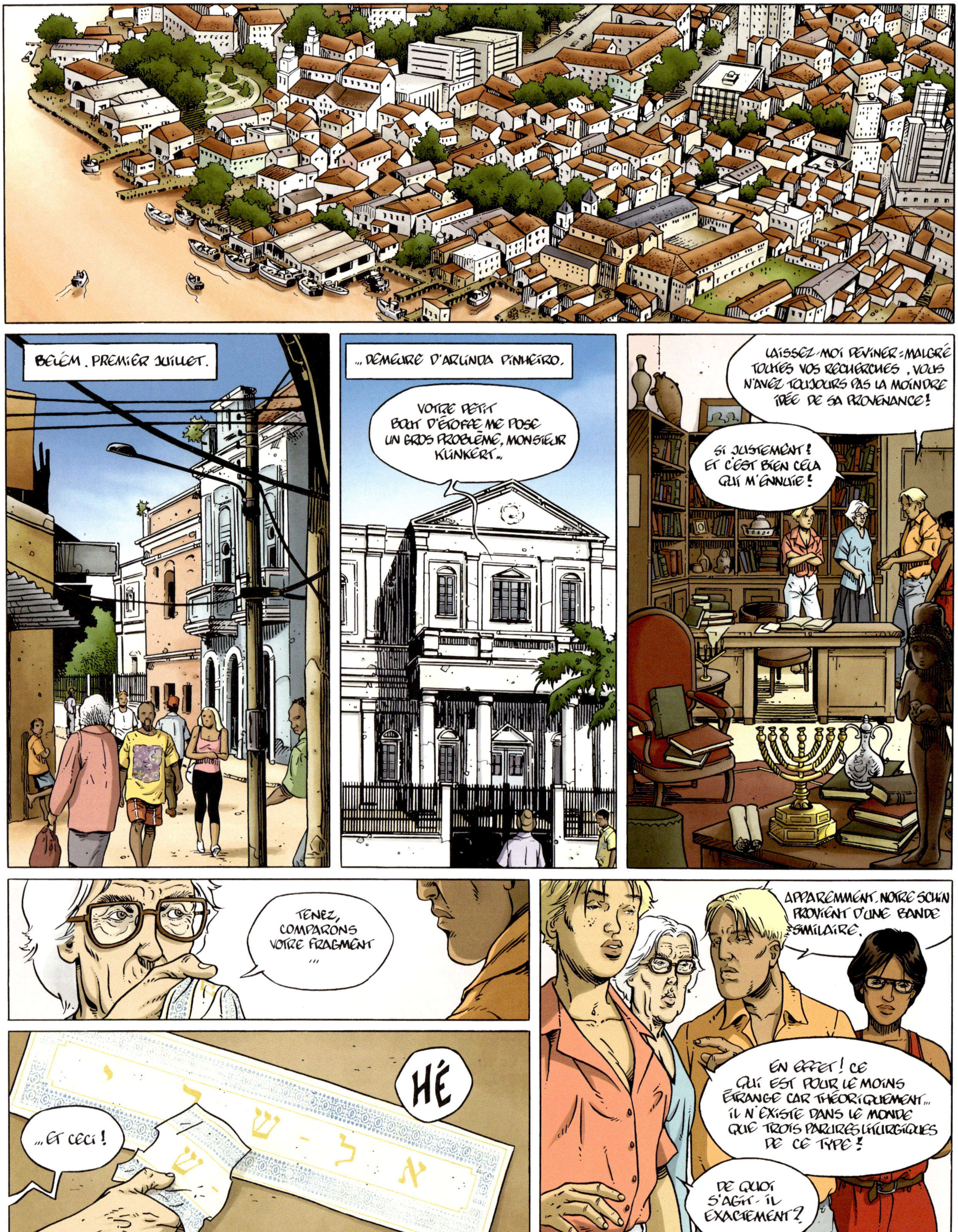
BELÉM. PREMIER JUILLET.
...DEMEURE D'ARLINDA PINHEIRO.
VOTRE PETIT BOUT D'ÉTOFFE ME POSE UN GROS PROBLÈME, MONSIEUR KLINKERT...
LAISSEZ-MOI DEVINER : MALGRÉ TOUTES VOS RECHERCHES, VOUS N'AVEZ TOUJOURS PAS LA MOINDRE IDÉE DE SA PROVENANCE !
SI JUSTEMENT ! ET C'EST BIEN CELA QUI M'ENNUIE !
TENEZ, COMPARONS VOTRE FRAGMENT ...
...ET CECI !
HÉ
APPAREMMENT, NOTRE SCHIN PROVIENT D'UNE BANDE SIMILAIRE.
EN EFFET ! CE QUI EST POUR LE MOINS ÉTRANGE CAR THÉORIQUEMENT... IL N'EXISTE DANS LE MONDE QUE TROIS PARURES LITURGIQUES DE CE TYPE !
DE QUOI S'AGIT-IL EXACTEMENT ?

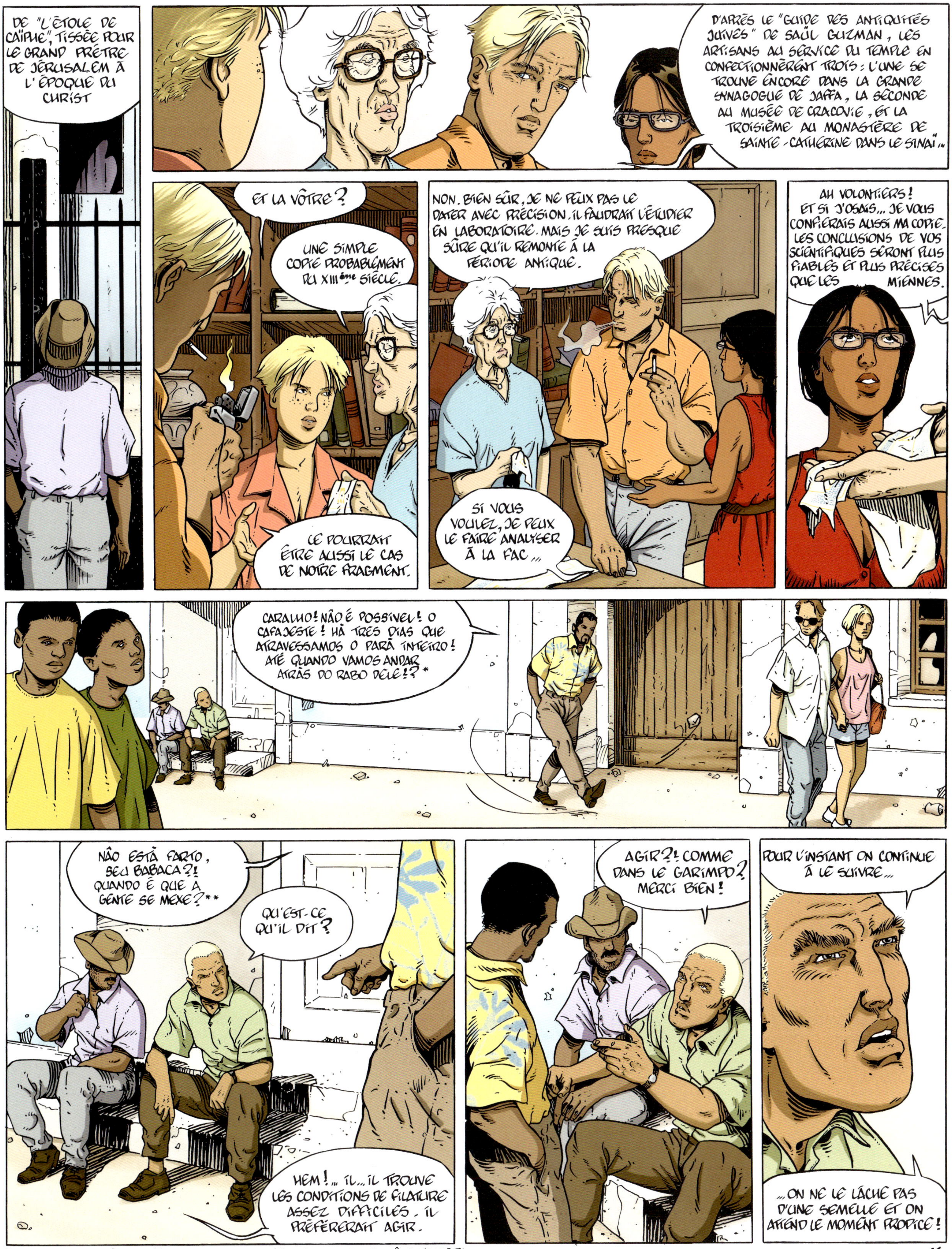


*PUTAIN, C'EST PAS VRAI ! L'ENFOIRÉ ! ÇA FAIT TROIS JOURS QU'IL NOUS BALADE À TRAVERS TOUT LE PARÁ ! ON VA LUI FILER LE TRAIN JUSQU'À QUAND ?!

** IL EN A PAS MARRE, CRÂNE D'OEUF ?! QUAND EST-CE QU'ON BOUGE ?

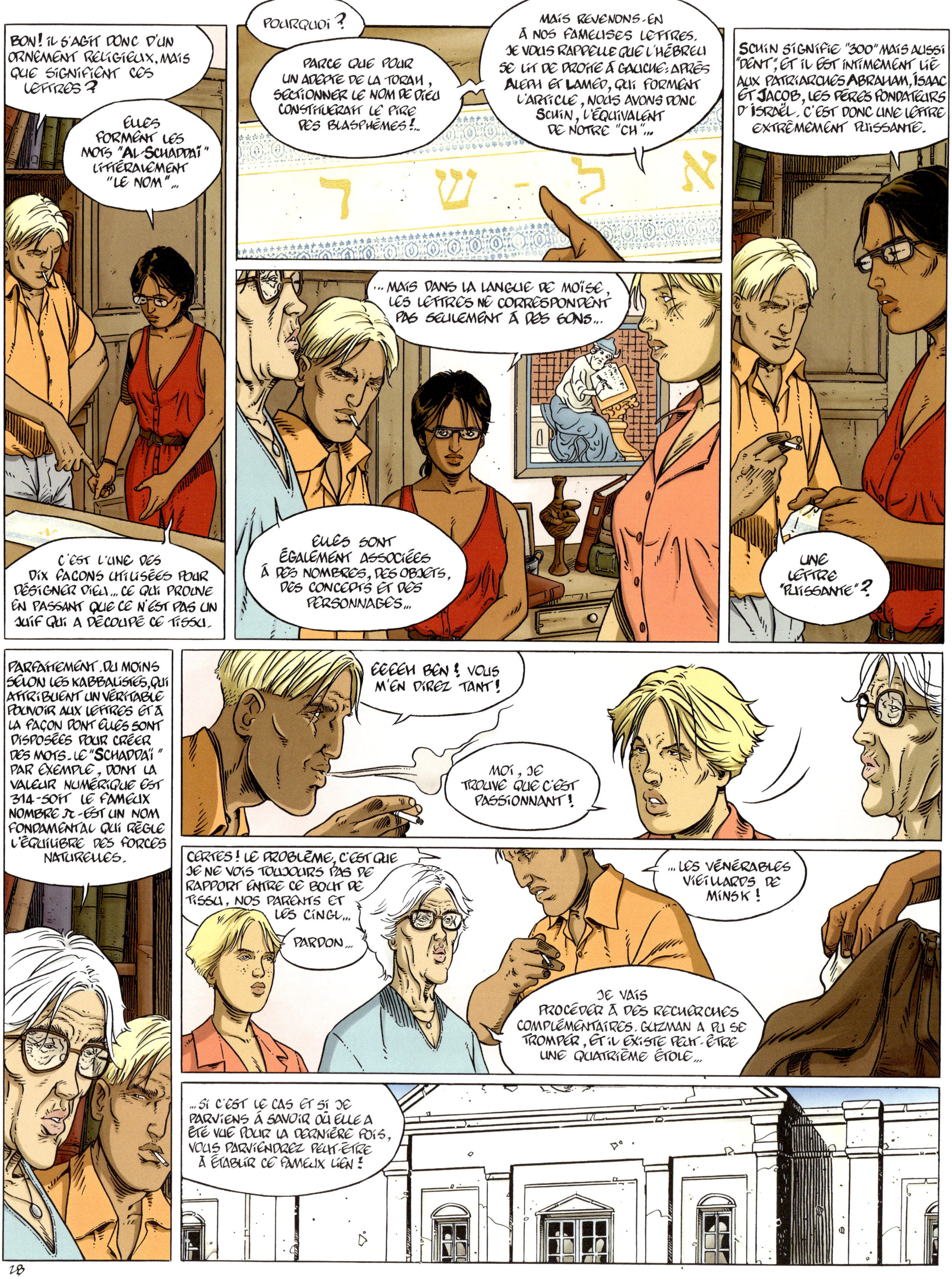
BON ! IL S'AGIT DONC D'UN ORNEMENT RELIGIEUX. MAIS QUE SIGNIFIENT CES LETTRES ?
ELLES FORMENT LES MOTS "AL-SCHADDAÏ" LITTÉRALEMENT "LE NOM"...
C'EST L'UNE DES DIX FAÇONS UTILISÉES POUR DÉSIGNER DIEU... CE QUI PROUVE EN PASSANT QUE CE N'EST PAS UN JUIF QUI A DÉCOUPÉ CE TISSU.
POURQUOI ?
PARCE QUE POUR UN ADEPTE DE LA TORAH, SECTIONNER LE NOM DE DIEU CONSTITUERAIT LE PIRE DES BLASPHÈMES !...
MAIS REVENONS-EN À NOS FAMEUSES LETTRES. JE VOUS RAPPELLE QUE L'HÉBREU SE LIT DE DROITE À GAUCHE : APRÈS ALEPH ET LAMED, QUI FORMENT L'ARTICLE, NOUS AVONS DONC SCHIN, L'ÉQUIVALENT DE NOTRE "CH"...
... MAIS DANS LA LANGUE DE MOÏSE, LES LETTRES NE CORRESPONDENT PAS SEULEMENT À DES SONS...
ELLES SONT ÉGALEMENT ASSOCIÉES À DES NOMBRES, DES OBJETS, DES CONCEPTS ET DES PERSONNAGES...
SCHIN SIGNIFIE "300" MAIS AUSSI "DENT", ET IL EST INTIMEMENT LIÉ AUX PATRIARCHES ABRAHAM, ISAAC ET JACOB, LES PÈRES FONDATEURS D'ISRAËL. C'EST DONC UNE LETTRE EXTRÊMEMENT PUISSANTE.
UNE LETTRE "PUISSANTE" ?
PARFAITEMENT. DU MOINS SELON LES KABBALISTES, QUI ATTRIBUENT UN VÉRITABLE POUVOIR AUX LETTRES ET À LA FAÇON DONT ELLES SONT DISPOSÉES POUR CRÉER DES MOTS. LE "SCHADDAÏ" PAR EXEMPLE, DONT LA VALEUR NUMÉRIQUE EST 314 - SOIT LE FAMEUX NOMBRE π - EST UN NOM FONDAMENTAL QUI RÈGLE L'ÉQUILIBRE DES FORCES NATURELLES.
EEEEH BEN ! VOUS M'EN DIREZ TANT !
MOI, JE TROUVE QUE C'EST PASSIONNANT !
CERTES ! LE PROBLÈME, C'EST QUE JE NE VOIS TOUJOURS PAS DE RAPPORT ENTRE CE BOUT DE TISSU, NOS PARENTS ET LES CINGL...
PARDON...
... LES VÉNÉRABLES VIEILLARDS DE MINSK !
JE VAIS PROCÉDER À DES RECHERCHES COMPLÉMENTAIRES. GUZMAN A PU SE TROMPER, ET IL EXISTE PEUT-ÊTRE UNE QUATRIÈME ÉTOLE...
... SI C'EST LE CAS ET SI JE PARVIENS À SAVOIR OÙ ELLE A ÉTÉ VUE POUR LA DERNIÈRE FOIS, VOUS PARVIENDREZ PEUT-ÊTRE À ÉTABLIR CE FAMEUX LIEN !

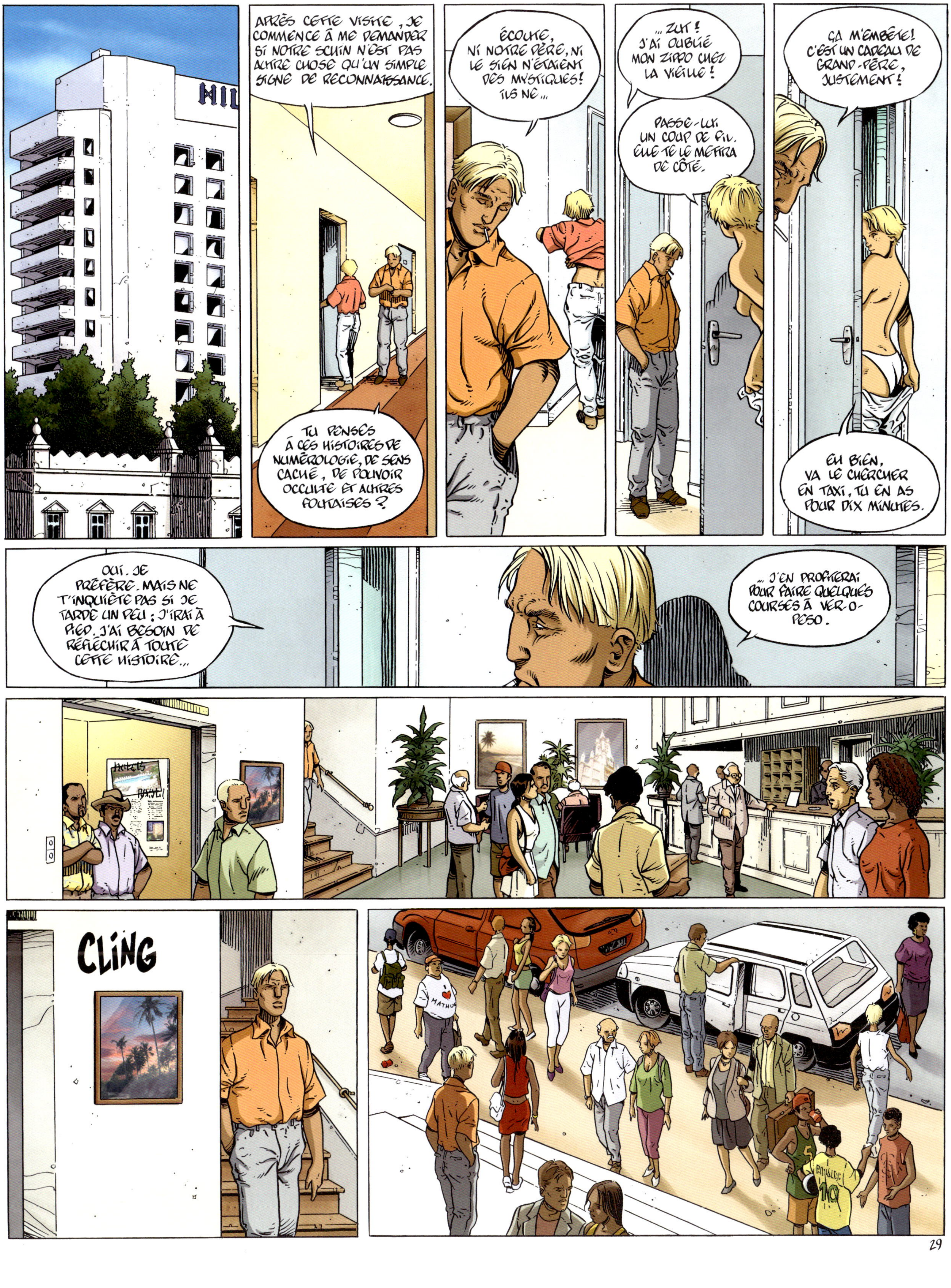
HIL
APRÈS CETTE VISITE, JE COMMENCE À ME DEMANDER SI NOTRE SCUIN N'EST PAS AUTRE CHOSE QU'UN SIMPLE SIGNE DE RECONNAISSANCE.
TU PENSES À CES HISTOIRES DE NUMÉROLOGIE, DE SENS CACHÉ, DE POUVOIR OCCULTE ET AUTRES FOUTAISES ?
ÉCOUTE, NI NOTRE PÈRE, NI LE SIEN N'ÉTAIENT DES MYSTIQUES! TU NE...
... ZUT ! J'AI OUBLIÉ MON ZIPPO CHEZ LA VIEILLE !
PASSE-LUI UN COUP DE FIL. ELLE TE LE METTRA DE CÔTÉ.
ÇA M'EMBÊTE! C'EST UN CADEAU DE GRAND-PÈRE, JUSTEMENT !
EH BIEN, VA LE CHERCHER EN TAXI, TU EN AS POUR DIX MINUTES.
OUI, JE PRÉFÈRE. MAIS NE T'INQUIÈTE PAS SI JE TARDE UN PEU ; J'IRAI À PIED. J'AI BESOIN DE RÉFLÉCHIR À TOUTE CETTE HISTOIRE...
... J'EN PROFITERAI POUR FAIRE QUELQUES COURSES À VER-O-PESO.
CLING

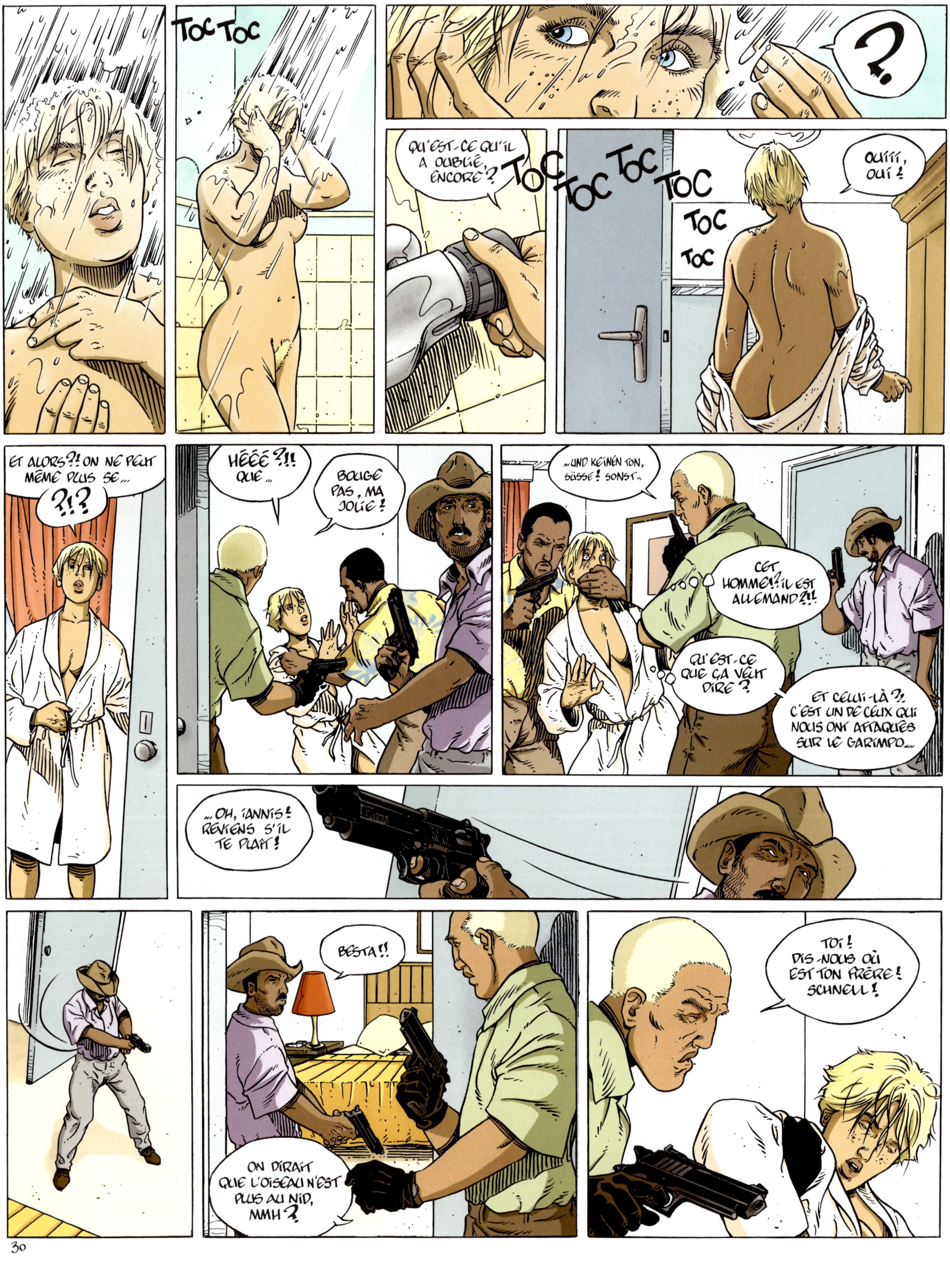
TOC TOC
?
QU'EST-CE QU'IL A OUBLIÉ, ENCORE ?
TOC TOC TOC TOC TOC TOC
OUIII, OUI !
ET ALORS ?! ON NE PEUT MÊME PLUS SE...
?!?
HÉÉÉ ?!! QUE...
BOUGE PAS, MA JOLIE !
...UND KEINEN TON, SÜSSE ! SONST...
CET HOMME !? IL EST ALLEMAND ?!!
QU'EST-CE QUE ÇA VEUT DIRE ?
ET CELUI-LÀ ?! C'EST UN DE CEUX QUI NOUS ONT ATTAQUÉS SUR LE GARIMPO...
...OH, IANNIS ! REVIENS S'IL TE PLAIT !
BESTA !!
ON DIRAIT QUE L'OISEAU N'EST PLUS AU NID, MMH ?
TOI ! DIS-NOUS OÙ EST TON FRÈRE ! SCHNELL !

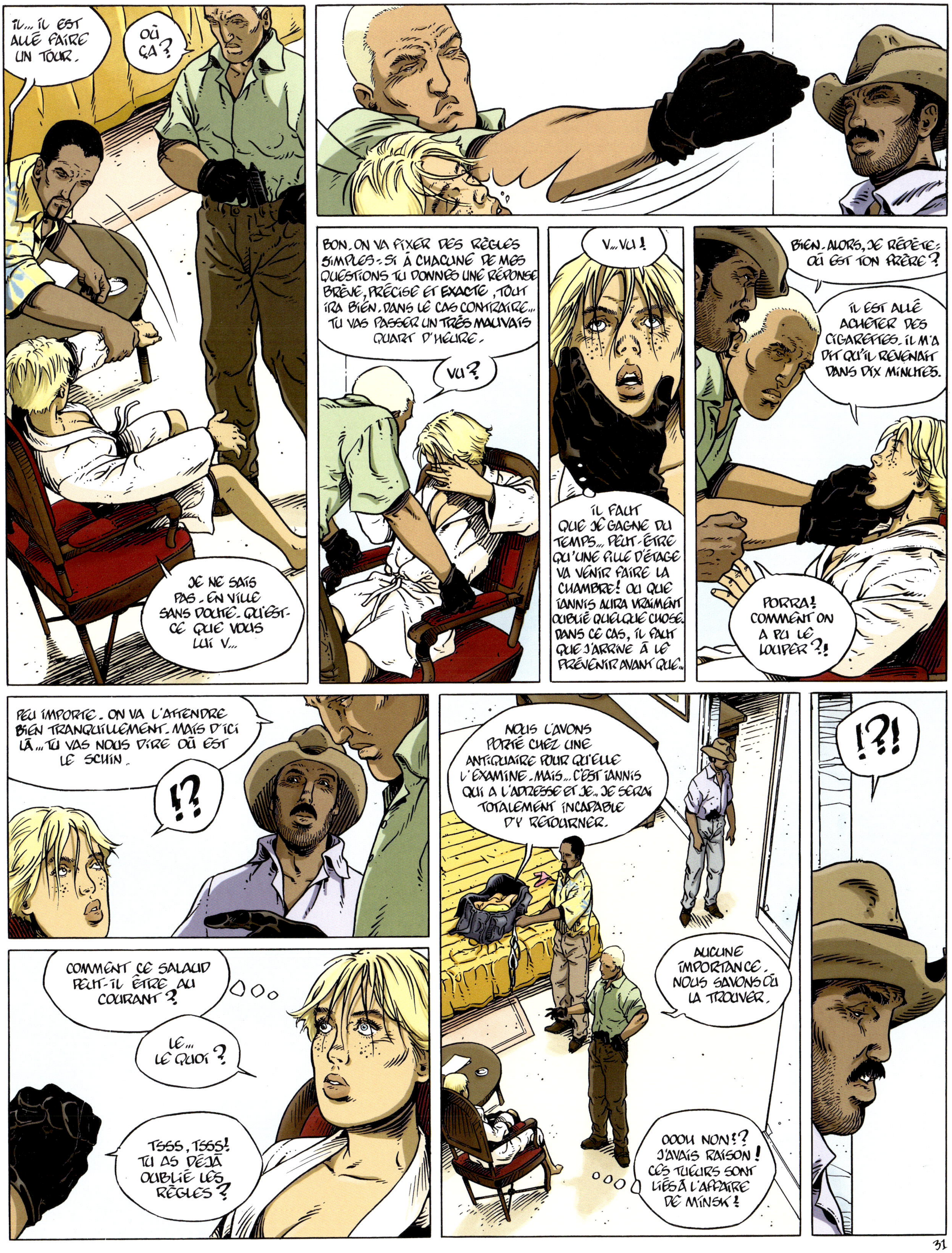
IL... IL EST ALLÉ FAIRE UN TOUR.
OÙ ÇA ?
JE NE SAIS PAS. EN VILLE SANS DOUTE. QU'EST-CE QUE VOUS LUI V...
BON. ON VA FIXER DES RÈGLES SIMPLES : SI À CHACUNE DE MES QUESTIONS TU DONNES UNE RÉPONSE BRÈVE, PRÉCISE ET EXACTE, TOUT IRA BIEN. DANS LE CAS CONTRAIRE... TU VAS PASSER UN TRÈS MAUVAIS QUART D'HEURE.
VU ?
V... VU !
IL FAUT QUE JE GAGNE DU TEMPS... PEUT-ÊTRE QU'UNE FILLE D'ÉTAGE VA VENIR FAIRE LA CHAMBRE ! OU QUE IANNIS AURA VRAIMENT OUBLIÉ QUELQUE CHOSE. DANS CE CAS, IL FAUT QUE J'ARRIVE À LE PRÉVENIR AVANT QUE...
BIEN. ALORS, JE RÉPÈTE : OÙ EST TON FRÈRE ?
IL EST ALLÉ ACHETER DES CIGARETTES. IL M'A DIT QU'IL REVENAIT DANS DIX MINUTES.
PORRA ! COMMENT ON A PU LE LOUPER ?!
PEU IMPORTE. ON VA L'ATTENDRE BIEN TRANQUILLEMENT. MAIS D'ICI LÀ... TU VAS NOUS DIRE OÙ EST LE SCHIN.
!?
COMMENT CE SALAUD PEUT-IL ÊTRE AU COURANT ?
LE... LE QUOI ?
TSSS, TSSS ! TU AS DÉJÀ OUBLIÉ LES RÈGLES ?
NOUS L'AVONS PORTÉ CHEZ UNE ANTIQUAIRE POUR QU'ELLE L'EXAMINE. MAIS... C'EST IANNIS QUI A L'ADRESSE ET JE... JE SERAI TOTALEMENT INCAPABLE D'Y RETOURNER.
AUCUNE IMPORTANCE. NOUS SAVONS OÙ LA TROUVER.
OOOH NON !? J'AVAIS RAISON ! CES TUEURS SONT LIÉS À L'AFFAIRE DE MINSK !
!?!

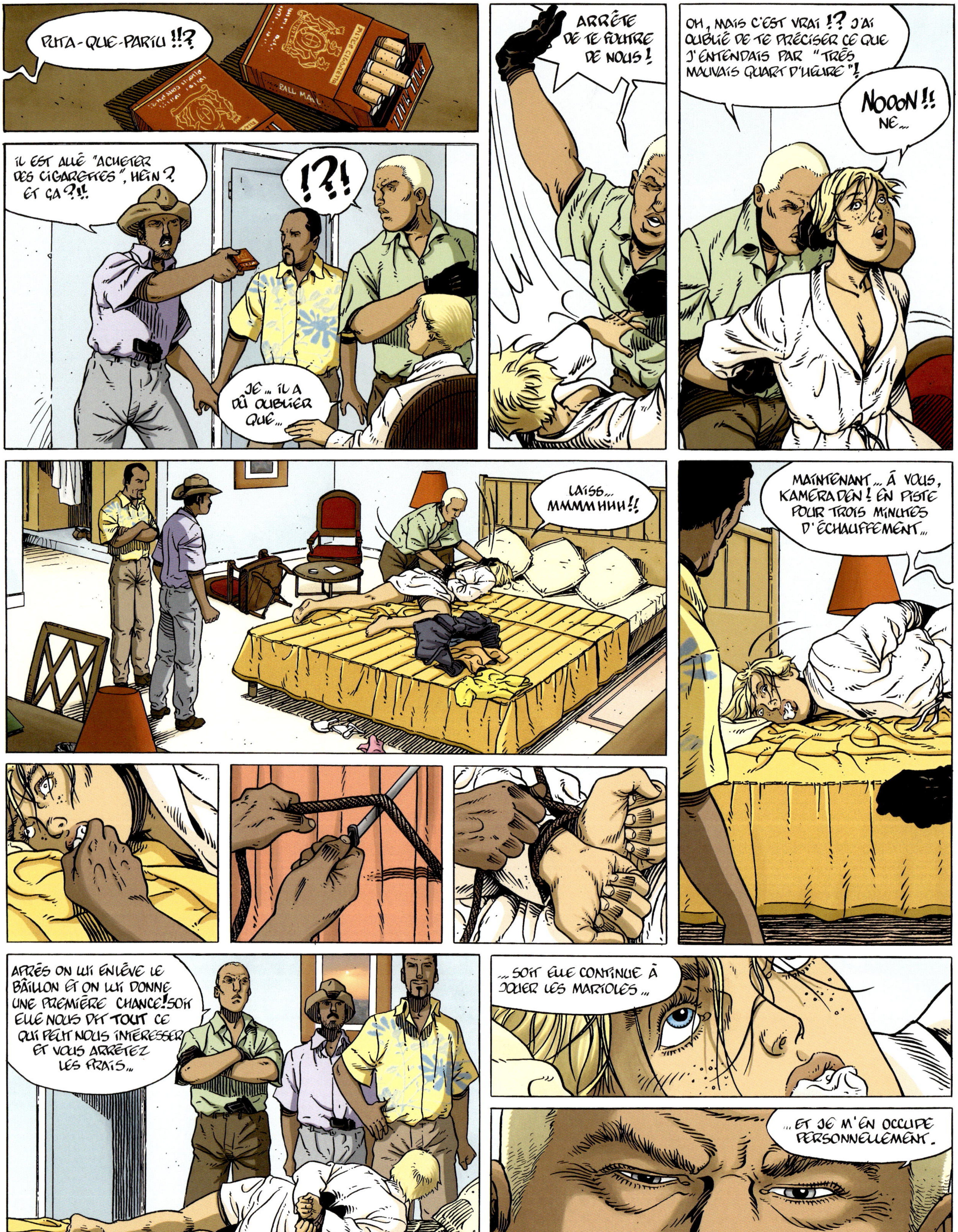
PUTA-QUE-PARIU !!?
ARRÊTE DE TE FOUTRE DE NOUS !
OH, MAIS C'EST VRAI !? J'AI OUBLIÉ DE TE PRÉCISER CE QUE J'ENTENDAIS PAR "TRÈS MAUVAIS QUART D'HEURE" !
NOOON !! NE...
IL EST ALLÉ "ACHETER DES CIGARETTES", HEIN ? ET ÇA ?!!
!?!
JE... IL A DÛ OUBLIER QUE...
LAISS... MMMMHHH !!
MAINTENANT... À VOUS, KAMERADEN ! EN PISTE POUR TROIS MINUTES D'ÉCHAUFFEMENT...
APRÈS ON LUI ENLÈVE LE BÂILLON ET ON LUI DONNE UNE PREMIÈRE CHANCE ! SOIT ELLE NOUS DIT TOUT CE QUI PEUT NOUS INTÉRESSER ET VOUS ARRÊTEZ LES FRAIS...
... SOIT ELLE CONTINUE À JOUER LES MARIOLES...
... ET JE M'EN OCCUPE PERSONNELLEMENT.

UN PHILTRE D'AMOUR ? POUDRE DE GUARANA, OEUFS DE TOUCAN ET FOIE D'ANACONDA SÉCHÉ ! BÉNI PAR LA PLUS GRANDE MÈRE D'OLINDA !
DIS DONC, LA VIEILLE, QU'EST-CE QUI TE FAIT CROIRE QUE J'AI BESOIN DE TA POTION ?
QUÉ ISSO ! DOM JUAN LUI-MÊME PEUT EN AVOIR L'USAGE ! ALLEZ, BRANQUINHO !? DIX RÉALS !!
ON VERRA PLUS TARD... LÀ, J'AI À FAIRE. ATE LOGO, VOVO !
BAH ! FINALEMENT ELLE ÉTAIT PAS SI CORIACE...
GUT ! DONC, IL EST PARTI IL Y A VINGT MINUTES... À PIED ET EN S'ARRÊTANT POUR FAIRE DES COURSES, IL EN A BIEN POUR UNE HEURE, NON ?
AU MOINS ! SURTOUT S'IL PASSE PAR VER-O-PESO...
PARFAIT. ÇA NOUS LAISSE LARGEMENT LE TEMPS DE RATTRAPER LE COUP.

?!?
DRiiiiiinn
WAS IST...?! QUI ÊTES-VOUS?? QUE...
ENTRE, CRÉTIN ! ET N'ESSAIE PAS DE JOUER AU HÉROS !
CETTE FOIS, MÊME AVEC TA MACHETTE, TU N'AURAIS AUCUNE CHANCE.
VERDAMT !? ARLINDA!!? QU'EST-CE QUE... QU'EST-CE QUE VOUS LUI AVEZ FAIT ?!?
TROIS FOIS RIEN. MAIS APPAREMMENT CETTE PAUVRE VIEILLE AVAIT LE COEUR FRAGILE.
VOUS... VOUS L'AVEZ TORTURÉE!? MAIS POURQUOI, GRANDS DIEUX ?!!
OH, MAN ! DE SUITE LES GRANDS MOTS ! MELEM L'A À PEINE BOUSCULÉE...
JE POUVAIS PAS SAVOIR QU'ELLE ÉTAIT CARDIAQUE !
FÂCHEUX INCIDENT D'AILLEURS... CAR DU COUP, LA SENHORA PINHÉIRO N'A PAS EU LE TEMPS DE NOUS DIRE OÙ SE TROUVAIT LE SCHIN.
LE SCHIN ?!? VOUS ÊTES AU COURANT ??... MAIS D'OÙ SORTEZ-VOUS, NOM DE... HÉ ?

GOTT !? APRÈS TOUT, HEIKE N'AVAIT PEUT-ÊTRE PAS TORT ! L'AGRESSION DE SÃO BENTO !! VOUS Y ÊTES MÊLÉS, HEIN !?
DÉSOLÉ. ICI, C'EST MOI QUI POSE LES QUESTIONS. CELA DIT...
...ON TE FILE EFFECTIVEMENT LE TRAIN DEPUIS LE GARIMPO. DONC, TU VOIS, PAS LA PEINE DE NOUS RACONTER D'HISTOIRES !
ALORS ? CE BOUT DE TISSU ? T'AS PAS UNE IDÉE DE L'ENDROIT OÙ IL POURRAIT ÊTRE ?
VOYONS... S'ILS ME SUIVENT DEPUIS LE DÉBUT ILS N'ONT PAS PU VOIR ÉLIETE...
...PUISQU'ELLE EST ARRIVÉE CHEZ CETTE MALHEUREUSE AVANT NOUS, ET REPARTIE APRÈS. DONC... MON BLUFF PEUT MARCHER !
IL SE TROUVE FORCÉMENT ICI : JE L'AI APPORTÉ MOI-MÊME À ARLINDA POUR QU'ELLE L'EXPERTISE.
ICI ? OÙ, ICI ?! ON A TOUT RETOURNÉ ! !
UN FRAGMENT D'ÉTOFFE CE N'EST PAS UN FAUTEUIL VOLTAIRE ! IL RESTE SÛREMENT DES TAS DE RECOINS QUE VOUS N'AVEZ PAS FOUILLÉS...
ET NOUS N'ALLONS PAS PERDRE NOTRE TEMPS À LE FAIRE.
APRÈS TOUT, PEU IMPORTE SOHN. POUR MES EMPLOYEURS, CE QUI COMPTE EN PRIORITÉ, C'EST QUE LES ENFANTS KLINKERT DISPARAISSENT DE LA CIRCULATION.
JE LE DESCENDS ?
PAS ICI. NOUS NE SOMMES PLUS DANS LA JUNGLE, MELEM !
BELÉM EST UNE VILLE PRESQUE CIVILISÉE, OÙ L'ON N'ABAT PAS IMPUNÉMENT UN MÉDECIN EUROPÉEN.
BAH ! ON N'EST PAS DANS UN VILLAGE SUISSE ! LES RISQUES SONT QUAND MÊME LIMITÉS.
NON, NON, J'AI UNE BIEN MEILLEURE IDÉE !

GUT ! MAINTENANT TU VAS M'AIDER À COLLER SES EMPREINTES PARTOUT...
POUR CE QU'ON VA EN FAIRE, AUCUNE IMPORTANCE.
... APRÈS, TU IRAS PIQUER UNE VOITURE ET ON Y ENTASSERA TOUT CE QUI A UN PEU DE VALEUR.
VOUS VOULEZ QUEL GENRE DE CAISSE ?

FINIS DE L'INSTALLER. JE CHERCHE UNE PIERRE POUR BLOQUER L'ACCÉLÉRATEUR...
VVVRRRRRRRRRRRRRR
C'EST BON ! LÂCHE !!
MMMHH... OW !!! MA TÊTE...

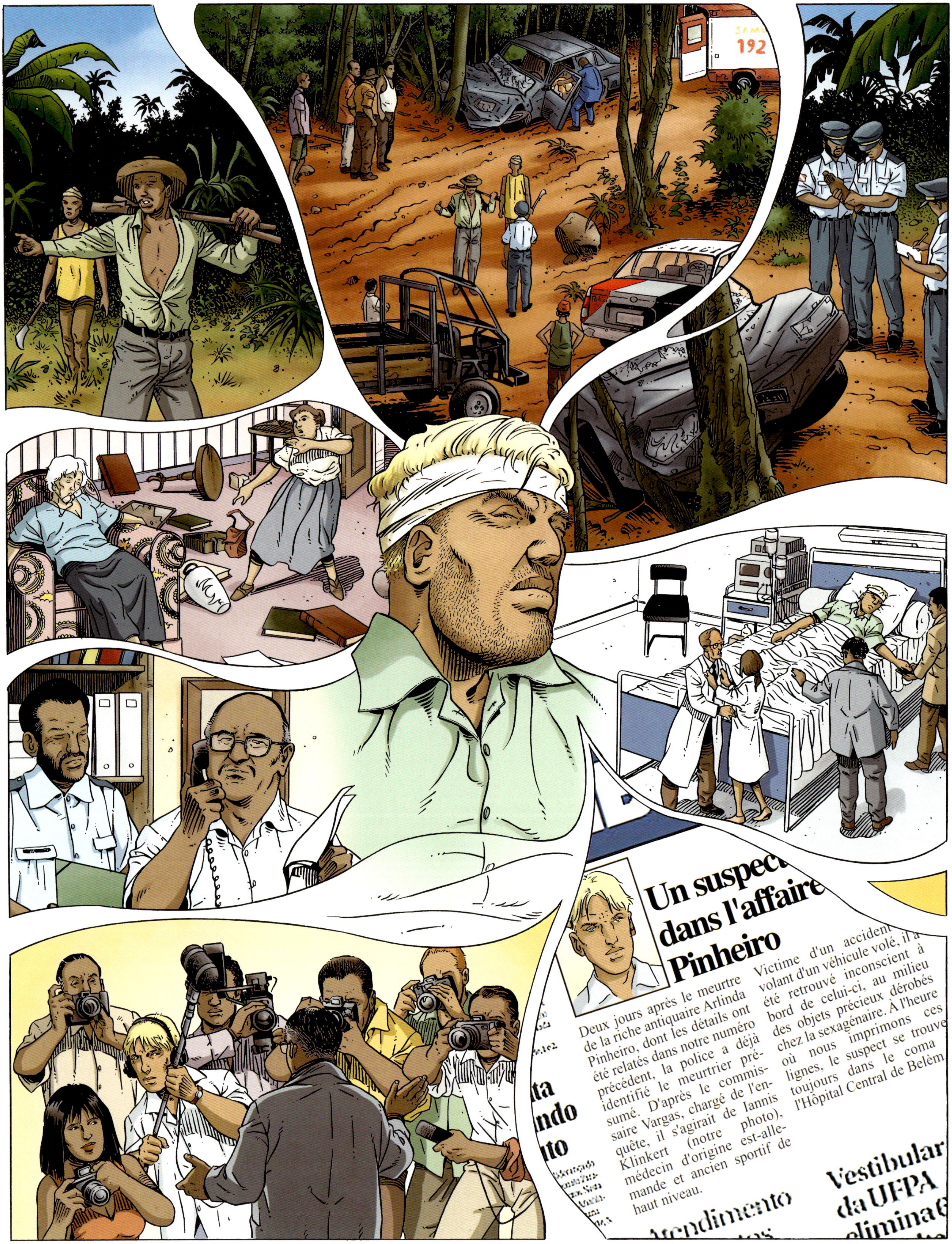

192
Un suspec
dans l'affaire
Pinheiro
Deux jours après le meurtre de la riche antiquaire Arlinda Pinheiro, dont les détails ont été relatés dans notre numéro précédent, la police a déjà identifié le meurtrier présumé. D'après le commissaire Vargas, chargé de l'enquête, il s'agirait de Iannis Klinkert (notre photo), médecin d'origine est-allemande et ancien sportif de haut niveau.
Victime d'un accident volant d'un véhicule volé, il a été retrouvé inconscient à bord de celui-ci, au milieu des objets précieux dérobés chez la sexagénaire. À l'heure où nous imprimons ces lignes, le suspect se trouve toujours dans le coma à l'Hôpital Central de Belèm.
Vestibular
da UFPA

SILVA SOUZA
BOM JARDIM, MARDI 5 JUILLET.
O LIBERAL
disputam o título de Beleza Pará
BELÉM, VENDREDI 8.
UN INSTANT, SENHORA.

VOUS ÊTES PARENTE AVEC LE PATIENT ?
NON. AMIE. NOUS HABITONS LE MÊME VILLAGE.
PUIS-JE VOUS DEMANDER VOTRE NOM ?
OUI... SI VOUS ME DONNEZ LE VÔTRE !
INSPECTEUR VARGAS.
LOUREN MARQUÈS.
EH BIEN, SENHORA MARQUÈS, VOUS N'IGNOREZ PAS LA SITUATION, JE SUPPOSE ? ALORS... SI APRÈS VOTRE VISITE, VOUS POUVIEZ PASSER À MON BUREAU... NOUS PARLERIONS UN PEU DE VOTRE AMI !
QU'EN DITES-VOUS ?
VOLONTIERS. CELA VOUS ÉVITERA PEUT-ÊTRE DE VOUS FOURVOYER DAVANTAGE.
LOUREN ?!?
ENFIN ! ENFIN UNE TÊTE SYMPATHIQUE, ENFIN UNE FIGURE AMIE !...
AMIE ET... INATTENDUE ! TON PÈRE T'A LAISSÉE VENIR ??
NOUS SOMMES FÂCHÉS. MAIS TOI ?! COMMENT TE SENS-TU ??
OH, PHYSIQUEMENT, ÇA VA À PEU PRÈS. C'EST LE MORAL QUI EN A PRIS UN COUP ! ET CE GENRE D'ARTICLE NE VA RIEN ARRANGER... IL FAUT RECONNAÎTRE QUE TOUT EST CONTRE MOI ! QU'EST-CE QUE TU EN PENSES ?
TU CROIS QUE JE SERAIS ICI, SI J'AVAIS LE MOINDRE DOUTE ?
TIENS, AU FAIT. TON COURRIER.
MERCI. TU N'IMAGINES PAS COMBIEN TA PRÉSENCE ME FAIT DU BIEN... DOMMAGE QUE TU SOIS LA SEULE À CROIRE À MON INNOCENCE ! CES TYPES QUI M'ONT PIÉGÉ N'ONT RIEN LAISSÉ AU HASARD.
QUELS TYPES ?

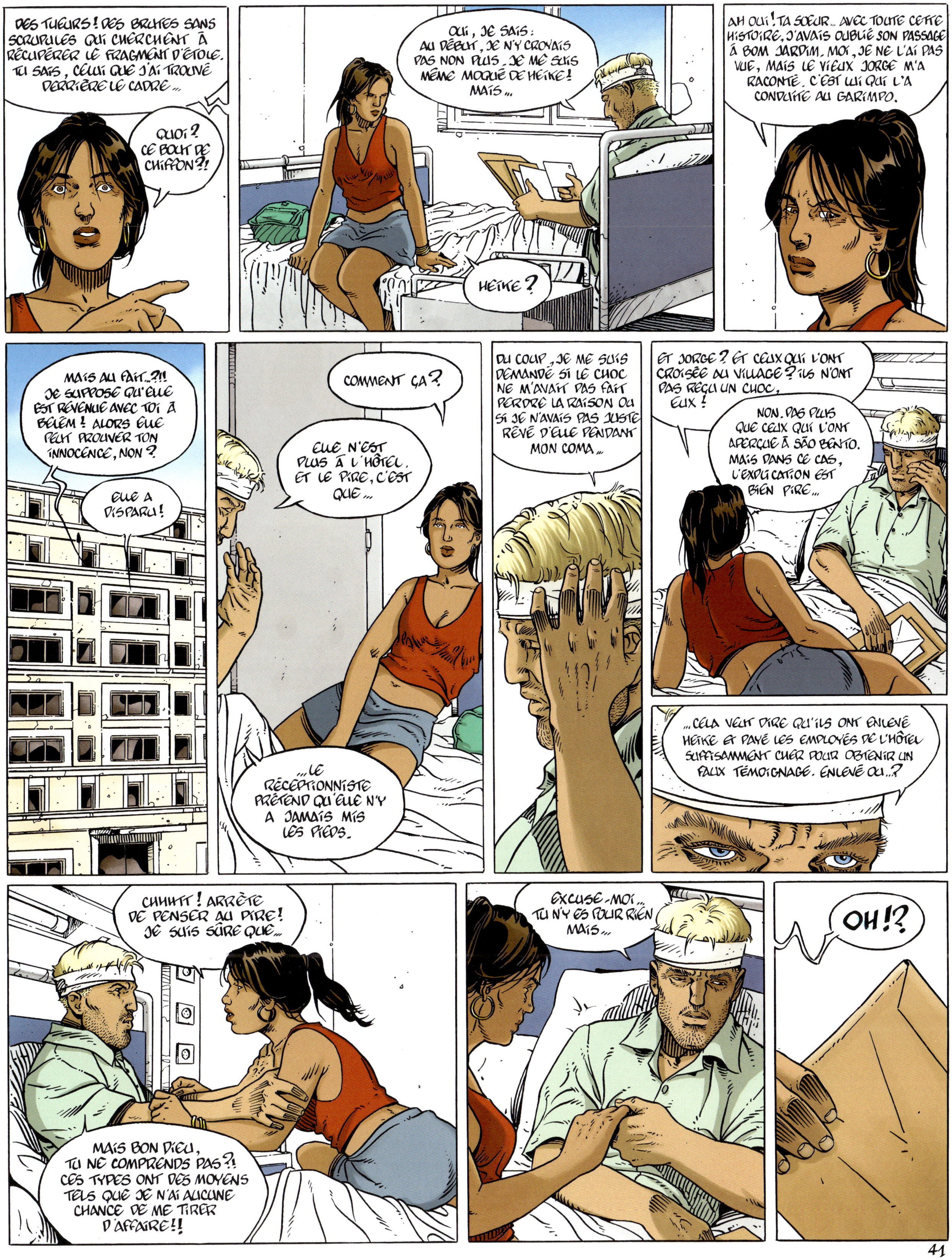
DES TUEURS ! DES BRUTES SANS SCRUPULES QUI CHERCHENT À RÉCUPÉRER LE FRAGMENT D'ÉTOLE. TU SAIS, CELUI QUE J'AI TROUVÉ DERRIÈRE LE CADRE...
QUOI ? CE BOUT DE CHIFFON ?!
OUI, JE SAIS : AU DÉBUT, JE N'Y CROYAIS PAS NON PLUS. JE ME SUIS MÊME MOQUÉ DE HEIKE ! MAIS...
HEIKE ?
AH OUI ! TA SOEUR... AVEC TOUTE CETTE HISTOIRE, J'AVAIS OUBLIÉ SON PASSAGE À BOM JARDIM. MOI, JE NE L'AI PAS VUE, MAIS LE VIEUX JORGE M'A RACONTÉ. C'EST LUI QUI L'A CONDUITE AU GARIMPO.
MAIS AU FAIT...?!! JE SUPPOSE QU'ELLE EST REVENUE AVEC TOI À BELÉM ! ALORS ELLE PEUT PROUVER TON INNOCENCE, NON ?
ELLE A DISPARU !
COMMENT ÇA ?
ELLE N'EST PLUS À L'HÔTEL. ET LE PIRE, C'EST QUE...
...LE RÉCEPTIONNISTE PRÉTEND QU'ELLE N'Y A JAMAIS MIS LES PIEDS.
DU COUP, JE ME SUIS DEMANDÉ SI LE CHOC NE M'AVAIT PAS FAIT PERDRE LA RAISON OU SI JE N'AVAIS PAS JUSTE RÊVÉ D'ELLE PENDANT MON COMA...
ET JORGE ? ET CEUX QUI L'ONT CROISÉE AU VILLAGE ? ILS N'ONT PAS REÇU UN CHOC, EUX !
NON. PAS PLUS QUE CEUX QUI L'ONT APERÇUE À SÃO BENTO. MAIS DANS CE CAS, L'EXPLICATION EST BIEN PIRE...
...CELA VEUT DIRE QU'ILS ONT ENLEVÉ HEIKE ET PAYÉ LES EMPLOYÉS DE L'HÔTEL SUFFISAMMENT CHER POUR OBTENIR UN FAUX TÉMOIGNAGE. ENLEVÉ OU...?
CHHHT ! ARRÊTE DE PENSER AU PIRE ! JE SUIS SÛRE QUE...
MAIS BON DIEU, TU NE COMPRENDS PAS ?! CES TYPES ONT DES MOYENS TELS QUE JE N'AI AUCUNE CHANCE DE ME TIRER D'AFFAIRE !!
EXCUSE-MOI... TU N'Y ES POUR RIEN MAIS...
OH !?

UNE LETTRE DE SUISSE ! C'EST LE CONFRÈRE À QUI J'AVAIS DEMANDÉ DES TUYAUX SUR HENRI CARTIER...
AH OUI... L'HOMME DU BOUT DE PAPIER ET DU MYSTÉRIEUX NUMÉRO.
EXACT. NUMÉRO QUI DANS LE TEMPS N'ÉTAIT AUTRE QUE CELUI DE LA BANQUE ...CARTIER !
UN PETIT ÉTABLISSEMENT GENEVOIS FONDÉ AU SIÈCLE DERNIER, ET QUE DIRIGEAIT LE PRÉNOMMÉ HENRI AVANT QU'IL NE PASSE LA MAIN À SA FILLE.
MON COLLÈGUE A JOINT UN VIEUX NUMÉRO DE "CAPITAL". À L'OCCASION DE SA MORT, IL Y A DIX ANS ILS LUI ONT CONSACRÉ UN ARTICLE.
UN BANQUIER HORS NORMES
Il y a huit jours, dans sa résidence de Promenthoux, s'éteignait paisiblement l'un des financiers les plus atypiques du siècle. Dans sa prime jeunesse, en effet, et bien qu'issu du sérail, Henri Cartier ne semblait guère destiné à la banque. Au grand dam de son père, il se passionnait beaucoup moins pour les fluctuations de la Bourse que pour les artistes, les révolutionnaires ou les aventuriers défrayant la chronique de l'Entre-deux-Guerres. Sous la pression familiale, pourtant, il entame des études financières, mais les abandonne en chemin pour gagner la Ville-Lumière.
Là, il s'essaie à la peinture et fréquente chanteuses, actrices, journalistes engagés et poètes contestataires de tout poil. Refusant les subsides paternels, il tente vainement de vendre quelques toiles, vivotant de petits métiers et de quelques chroniques financières livrées à L'Humanité et au Libertaire.
En 1936, il s'engage dans les Brigades internationales et combat en Espagne jusqu'en novembre 37, date à laquelle une blessure l'oblige à quitter le front. Bizarrement, il abandonne alors ses anciennes fréquentations, regagne Genève et entre dans l'établissement familial. Son père l'oblige à travailler plusieurs mois dans chaque poste, du simple guichet au traitement des chèques, avant de l'associer à la direction de la banque. C'est en 45 qu'il prend le contrôle effectif de celle-ci, lorsque Cartier Senior se retrouve paralysé à la suite d'une attaque cérébrale. De son mariage en 54 naît une fille, Andréa, qui entre à son tour dans l'entreprise familiale, dont elle assure la gestion depuis 86.
Les fonctionnaires consciencieux à mille lieues de la légende
...nez-vous au duo gagnant ...ment + Capital
Capital
QUEL RAPPORT AVEC NOTRE BOUT DE TISSU ? OU MÊME AVEC TES PARENTS ?
AUCUNE IDÉE, JE... HÉ !?

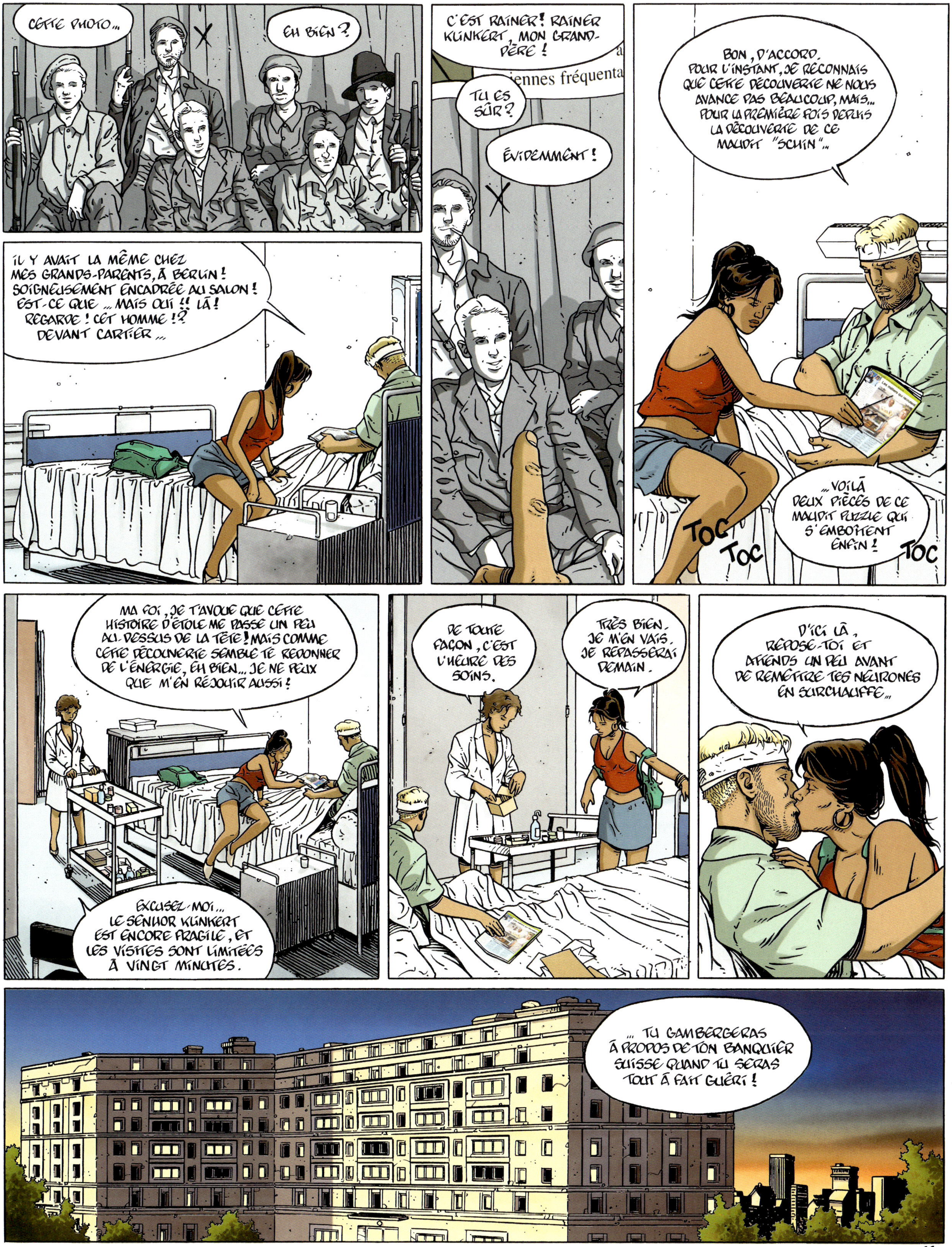
CETTE PHOTO...
EH BIEN ?
C'EST RAINER ! RAINER KLINKERT, MON GRAND-PÈRE !
TU ES SÛR ?
ÉVIDEMMENT !
BON, D'ACCORD. POUR L'INSTANT, JE RECONNAIS QUE CETTE DÉCOUVERTE NE NOUS AVANCE PAS BEAUCOUP, MAIS... POUR LA PREMIÈRE FOIS DEPUIS LA DÉCOUVERTE DE CE MAUDIT "SCHIN"...
IL Y AVAIT LA MÊME CHEZ MES GRANDS-PARENTS, À BERLIN ! SOIGNEUSEMENT ENCADRÉE AU SALON ! EST-CE QUE ... MAIS OUI !! LÀ ! REGARDE ! CET HOMME !? DEVANT CARTIER ...
... VOILÀ DEUX PIÈCES DE CE MAUDIT PUZZLE QUI S'EMBOÎTENT ENFIN !
TOC
TOC
TOC
MA FOI, JE T'AVOUE QUE CETTE HISTOIRE D'ÉTOILE ME PASSE UN PEU AU-DESSUS DE LA TÊTE ! MAIS COMME CETTE DÉCOUVERTE SEMBLE TE REDONNER DE L'ÉNERGIE, EH BIEN... JE NE PEUX QUE M'EN RÉJOUIR AUSSI !
EXCUSEZ-MOI... LE SENHOR KLINKERT EST ENCORE FRAGILE, ET LES VISITES SONT LIMITÉES À VINGT MINUTES.
DE TOUTE FAÇON, C'EST L'HEURE DES SOINS.
TRÈS BIEN. JE M'EN VAIS. JE REPASSERAI DEMAIN.
D'ICI LÀ, REPOSE-TOI ET ATTENDS UN PEU AVANT DE REMETTRE TES NEURONES EN SURCHAUFFE...
... TU GAMBERGERAS À PROPOS DE TON BANQUIER SUISSE QUAND TU SERAS TOUT À FAIT GUÉRI !

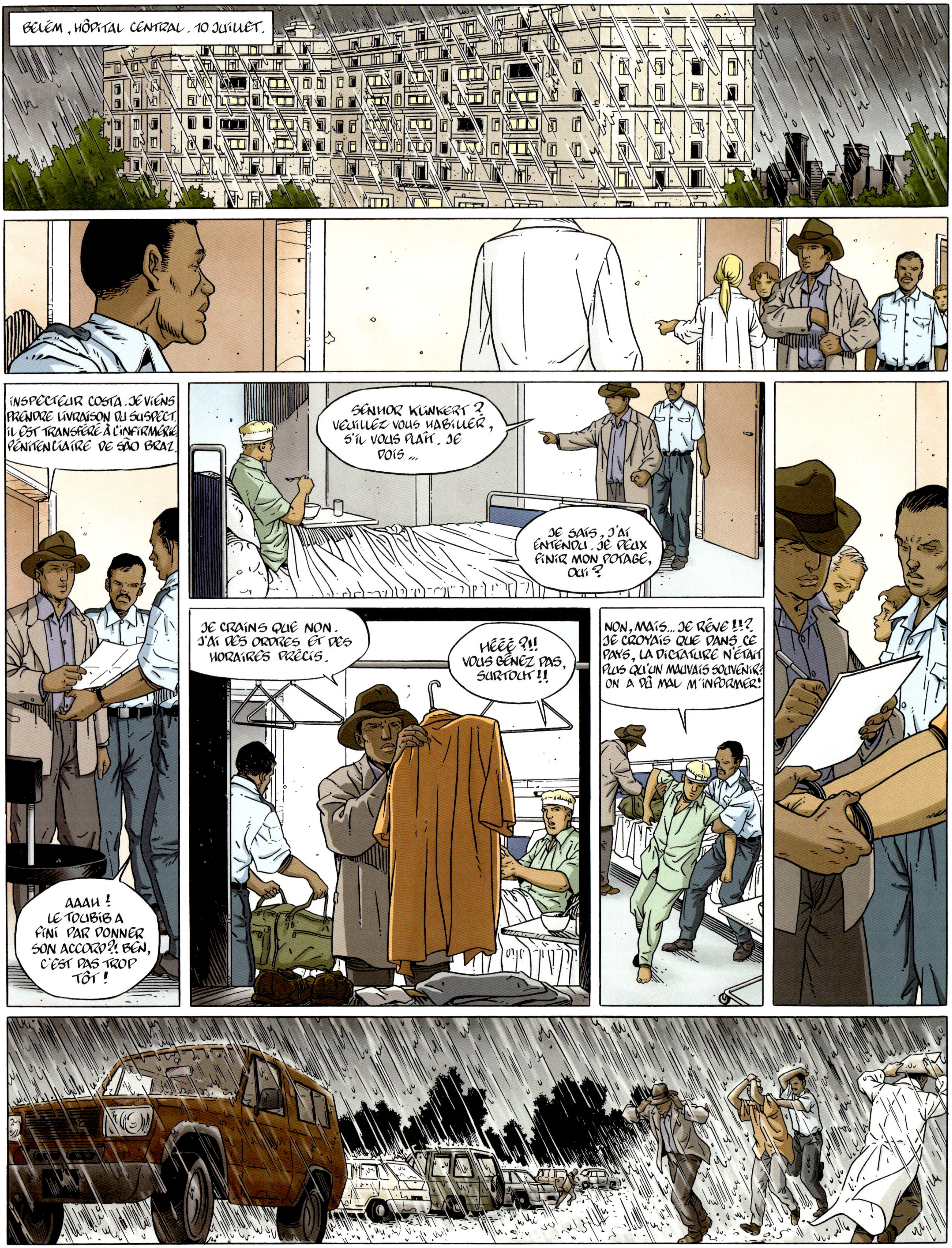
BELÉM, HÔPITAL CENTRAL. 10 JUILLET.
INSPECTEUR COSTA. JE VIENS PRENDRE LIVRAISON DU SUSPECT. IL EST TRANSFÉRÉ À L'INFIRMERIE PÉNITENCIAIRE DE SÃO BRAZ.
AAAH ! LE TOUBIB A FINI PAR DONNER SON ACCORD ?! BEN, C'EST PAS TROP TÔT !
SENHOR KUNKERT ? VEUILLEZ VOUS HABILLER, S'IL VOUS PLAÎT. JE DOIS ...
JE SAIS, J'AI ENTENDU. JE PEUX FINIR MON POTAGE, OUI ?
JE CRAINS QUE NON. J'AI DES ORDRES ET DES HORAIRES PRÉCIS.
HÉÉÉ ?!! VOUS GÊNEZ PAS, SURTOUT !!
NON, MAIS... JE RÊVE !!? JE CROYAIS QUE DANS CE PAYS, LA DICTATURE N'ÉTAIT PLUS QU'UN MAUVAIS SOUVENIR ! ON A DÛ MAL M'INFORMER !

VOUS PRENEZ PAR PEDRO MIRANDA, POUR ALLER À SÃO BRAZ ??
NOUS N'ALLONS PAS À SÃO BRAZ.
AH BON ? ET OÙ ALL... ?!?
MERCI ! ET SI T'AS ENCORE BESOIN DE MOI, T'HÉSITE PAS, HEIN ? A TE LOGO, NUNÈS !
A TE LOGO, JAMIL.
ATTENDEZ !? VOUS... VOUS N'ÊTES PAS...
INSPECTEUR ? NON. JUSTE DÉTECTIVE...
...ET ACCESSOIREMENT CHARGÉ DE VOTRE ÉVASION.

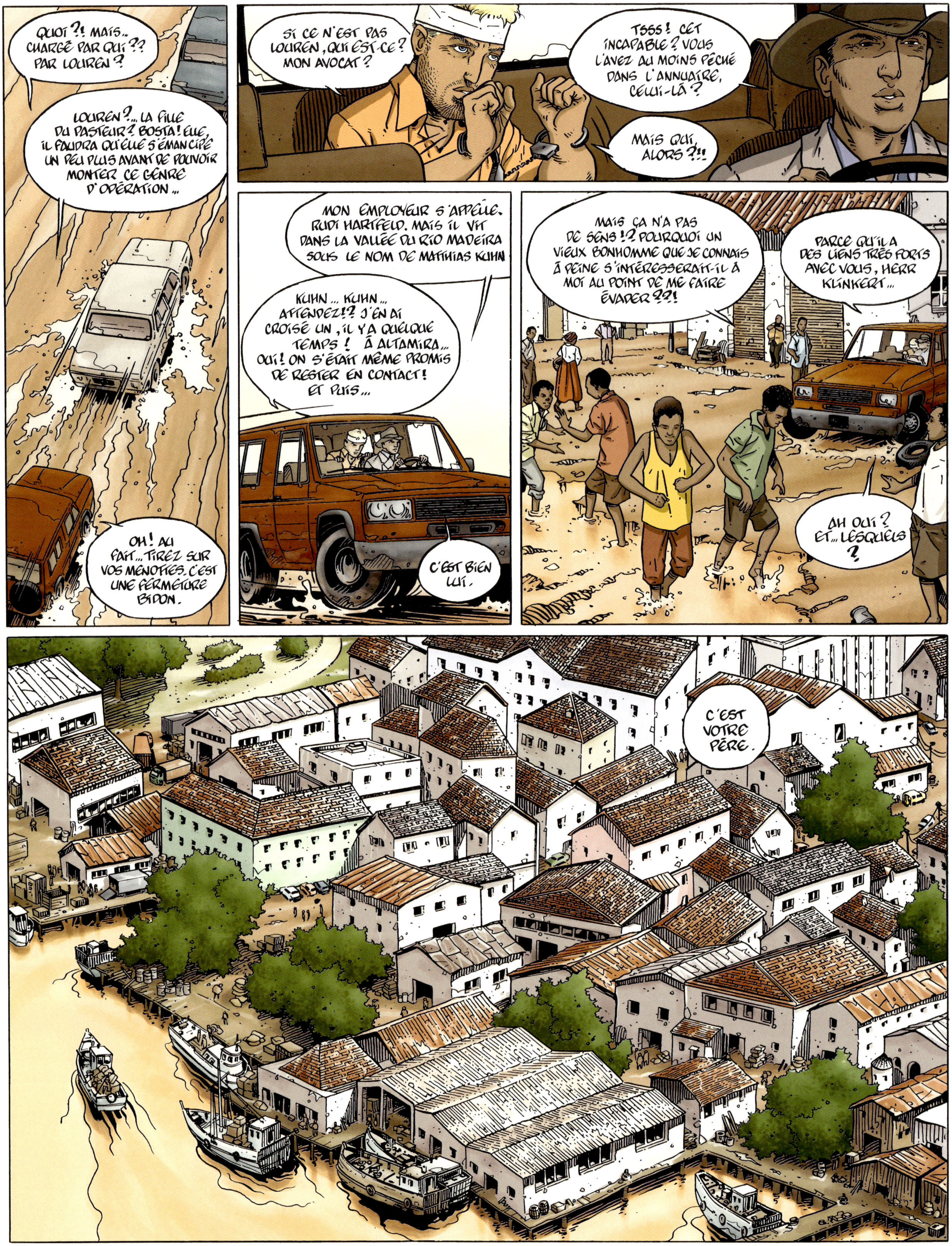


 FRANK GIROUD - JM STALNER - ESTEBAN 2005

FIN TOME 1

Impression : Pollina en février 2005
SEFAM
22, rue Huyghens, 75014 Paris
N° d'édition : 24250
N° d'impression : L98866
Dépôt légal : mars 2006
ISBN : 2-226-17130-4
Imprimé en France